너와 나의 미스터리

Jake's Mystery Theatre

이재익 소설집

gasse •가쎄

이재익

서울대 영문과 졸업.

월간 〈문학사상〉 소설 부문으로 등단 후 30권의 책을 출간했다. 몇 편의 에세이를 제외하고 대부분이 소설. <목포는 항구다>, <원더풀 라디오> 등의 영화 시나리오를 썼고 신문과 잡지 칼럼도 쓴다. 네이버 웹소설 원년 멤버로 여러 인기작을 연재했고 현재는 <욕망하다> 연재 중.

광고회사 카피라이터로 잠시 일하다가 SBS에 PD로 입사해 <컬투쇼>, <이숙영의 러브FM> 등 많은 프로그램을 연출했다. 현재는 <이재익의 정치쇼> MC를 맡고 있으며 국내 최장수 팟캐스트 <씨네타운 나인틴>과 유튜브 채널 <이재익 tv>도 운영 중이다.

취미는 작곡. 거의 모든 장르의 음악을 좋아하지만, 코흘리개 시절부터 여태껏 헤비메탈에 환장하는 순정메탈아재. 그가 하는 모든 일은 로커가 되지 못해서 하는 일.

SNS는 없고 **E메일:** partyagain@hanmail.net

차례

작가의 말

――――――

신인 작가였을 때 이런 생각을 한 적이 있었습니다. 책을 서른 권쯤 내고 나면 어떤 기분일까? 그때는 비현실적인 상상이라고 생각했는데 너무나도 빨리 덜컥 그 순간이 와 버렸습니다. 아직도 쓰고 싶은 이야기가 너무나도 많은데 말이죠.

지금 제 기분은 기대감으로 가득합니다. 이 책은 제가 쓴 책을 모아두는 진열장에서 서른 번째 자리를 차지한다는 의미에서 그치지 않고 새로운 시작이기 때문이죠. <너와 나의 미스터리>라는 제목은 책의 제목이기도 하지만 시리즈의 제목이기도 합니다. 앞으로 2편, 3편, 어쩌면 <너와 나의 미스터리 vol. 30>이 나올지도 모르겠군요. 그때 제 기분은 어떨지... 역시 상상이 안 됩니다.

형식상으로 이 책은 중단편 소설을 모은 소설집입니다. 장르는 공포와 스릴러가 중심이 되겠지만 이번에 실린 소설 '브라더 브라더'에서 알 수 있듯 도무지 장르 규정이 불가능한 이야기도 계속 담길 예정입니다. 웹툰과

영화, 드라마 등등 다른 매체로도 제작해 볼 생각이고요.

제 칼럼이나 웹 소설 독자님들도 고맙지만, 특히 종이책을 사서 읽어주시는 여러분께는 감사하다는 말을 서른 번쯤 하고 싶습니다. 유튜브와 넷플릭스가 인류의 시간을 집어삼킨 이 시대에 종이 위의 활자를 읽다니! 당신을 위해 저도 계속 책을 내겠습니다. 그런 면에서 '너나미' 프로젝트에 동참해 주신 가쎄 김남지 대표님께도 감사의 인사를 드립니다.

제가 쓰는 작가의 말은 항상 같은 문장으로 끝납니다. 더 재미있는 이야기와 함께 돌아오겠습니다!

정물의 집

1부

창고

누구에게나 이상한 취미 하나쯤은 있다. 취미라는 표현이 거창하다면, 습관이나 흥미라고 하면 어떨까.

나는 어릴 때부터 초자연적인 현상에 대해 관심이 많았다. 중고등학교 때는 TV에서 방영하는 미스터리 사건들을 재구성한 프로그램을 즐겨 보았고 대학 시절에는 또래 친구들이 야동이나 스포츠 경기를 볼 때 심령 동영상을 찾아보는데 스마트폰 데이터를 사용했다. 학교를 졸업하고 여행잡지사 기자로 취직하고도 이런 취미는 계속 이어졌다.

안타깝게도 한 번도 초자연적인 경험을 직접 해본 적은 없었다. 그래서 귀신을 봤다거나 죽었다 깨어났다는 사람들을 보면

늘 부러웠다. 그저 언젠가는 그런 행운이 나에게도 찾아올 거라는 기대를 버리지 않고 살았다. 기대가 재앙의 불씨가 될 수 있다는 사실은 모른 채.

그날도 어제와, 또 어제의 어제와 비슷한 날이었다.

낡은 에어컨이 힘겹게 더위를 쫓고 있는 사무실에서 퇴근시간을 기다리고 있는데, 편집장의 목소리가 울려 퍼졌다.

"어이 용준씨! 이번 여름호에는 뭔가 좀 신박한 기획하나 해보자."

늘 보수적인 편집 방향을 고수하던 편집장이 이런 제의를 했을 때 내 입에서는 오랫동안 묵혀왔던 아이템이 바로 튀어나왔다.

"한국의 공포 체험성지 TOP5 어떨까요?"

"공포 체험성지?"

"폐가나 동굴 같은 곳 있잖아요. 그런 데 관심 있는 사람들이 의외로 많더라고요. 뻔한 피서지 소개보다는 뭔가 스페셜해 보이지 않습니까? 저는 죽기 전에 꼭 가봐야 할 해변이라는 말만 들어도 절대 가고 싶지 않다는 생각이 들던데."

편집장이 곰곰이 생각에 빠져들었다. 낡은 에어컨 소리가 드르륵드르륵 이어지다가,

"괜찮은데?"

오케이 사인이 떨어졌다.

그날 이후, 인터넷을 뒤지기 시작했다. 가장 유명한 공포체험 성지는 대한민국 3대 흉가로 꼽히는 곳들이었다.

먼저 제천의 늘봄가든. 원래 꽤 유명한 고깃집이었다는 그곳에는 슬픈 사연이 깃들어 있었다. 딸이 원인 모를 병으로 시름시름 앓다가 죽고, 아내마저 끔찍한 사고로 세상을 떠난 후 사장이 그곳에서 목을 매달고 죽었단다. 그 후 다른 사람이 가게를 인수해 영업을 계속했는데 괴이한 일들이 이어졌다고. 있지도 않은 여종업원이 주문을 받아갔다는 손님의 증언도 나왔고 화장실에서 아이 우는 소리가 계속 들린다는 식의 이야기들도 끊이지 않았다. 결국 새로 식당을 연 지 1년도 안 되어 다시 문을 닫고 폐가로 남은 것.

이미 그곳을 다녀온 공포 마니아들이 각종 SNS에 올린 사진들도 꽤 많았다. 건물 외관은 제법 깔끔한 2층 건물이지만 내부는 으스스한 기운이 충만한 폐허였다. 담력을 시험한 젊은이들이 흔적으로 남겨놓은 낙서들이 분위기를 깨긴 했지만.

두 번째는 경북 영덕의 영덕횟집 흉가. 미스터리 TV 프로그램의 단골 소재였던 탓에 나도 어릴 적에 본 적이 있었다. 이곳의 스토리텔링 포인트는 6.25 전쟁 당시 학도병들의 시신이 묻힌 곳이라는 소문. 사실 여부는 확인할 수 없지만, 직접 방문한 무속인들이 령이 너무 많다며 뛰쳐나왔다는 증언이 꽤 있었다. TV 촬영팀이 갔다가 카메라가 오작동을 일으킨 적도 있다고 했다. 외관도 내부도 제천 늘봄가든보다 훨씬 을씨년스러웠다.

끝판왕은 곤지암 정신병원. 행정구역상 경기도 광주에 위치한 이곳은 병원인 만큼 건물 규모가 앞의 두 곳과는 비교가 안 되게 컸다. 그리고 전해지는 이야기도 제일 끔찍했다. 그러나 이곳은 공포 마니아들에게 너무 잘 알려져 있었다. 그야말로 '죽기 전에 꼭 가봐야 할 공포 성지' 1호인 것이다. 영화로도 만들어질 정도니 말 다 했지.

업무를 핑계 삼아 나의 취향을 마음껏 발산할 수 있는 흔치 않은 기회인 만큼 뭔가 새로운 곳을 찾고 싶었다. 일단 편집장 보고용으로 대한민국 3대 흉가는 모두 출장을 다녀오기로 했다. 일주일 동안 1박 2일 출장으로 세 곳을 모두 다녀올 계획을 세웠다.

나는 직접 차를 몰고 신나는 출장을 떠났다. 회사 후배인 민철이와 함께.

"내가 형을 조금이라도 덜 좋아했다면, 이런 끔찍한 곳엔 절대 안 따라왔을 거예요."

민철이는 다른 많은 사람들처럼 무섭고 이상한 것에 대해 지극히

정당한 혐오를 갖고 있었다.

"야 인마. 니가 따라오고말고 결정권이 있어? 내가 놀러 왔냐? 이건 일이야 일. 이번 여름호에서 제일 중요한 특집 기획이라고."

그러나 내 표정은 일을 하는 사람치고는 너무나도 신나있었다. 감출 수가 없었다.

"형 이런 데 좋아하죠?"

"보이냐?"

"딱 보여요. 회 좋아하는 사람이 동해안에 온 것 같은 얼굴이네."

"뭐 별로 신선한 횟감은 아니다."

솔직히 세 곳 모두 기대 이하였다. 일부러 밤 시간에 방문을 했는데도 별로 감흥이 없었다. 민철이는 무섭다며 난리가 났지만 난 롯데월드에 온 기분 이상도 이하도 아니었다. 놀이공원 귀신의 집처럼 사람들의 때가 너무 탄 느낌이었다. 심지어 마지막으로 곤지암 정신병원에 갔을 때는 우리 말고 공포체험을 하러 온 대학생 커플과 마주치기까지 했다. 자고로 진정한 공포란 고립에서 나오는데 너도나도 들락거리는 흉가라니. 쩝.

세 곳을 모두 돌아보고 서울로 돌아가는 길, 영동고속도로에서 나와 경기도에 접어들자 무시무시한 교통정체가 기다리고 있었다. 교통사고가 난 듯했다. 차라리 교통정체가 3대 흉가보다 더 무서웠다.

덕분에 민철이와 한참 수다를 떨었다. 별로 크지도 않은 사무실에 벌써 몇 년째 나란한 자리에 앉아 근무를 하다 보니 누구보다 가까운 사이가 된 녀석이었다. 기질이 활달하고 외향적인 나와 달리 녀석은 차분하고 내성적인 편이었다. 형제가 없이 외동아들인 그는 나를 무척이나 잘 따랐고 내 여자친구 선아와 셋이서 어울리는 일도 잦았다.

특별히 모난 데도 없는 녀석인데 딱 한 가지가 이상했다. 연애를 통 하지 않았다. 게이인가 싶은 생각이 들기도 했는데 처음 입사했을 때 여자친구가 있었던 걸 보면 그런 것 같지도 않다. 심지어 그 여자 사진을 본 적이 있는데 꽤나 미인이었던 걸로 기억한다.

"너 요즘도 만나는 여자 없냐?"

"네."

"지난번에 같이 만났던 애는? 너 마음에 들어 하는 눈치던데?"

일주일쯤 전에 선아가 후배를 데리고 나와서 용준이까지 넷이 같이 술을 마신 적이 있었다. 흰 피부에 여성스러운 단발머리가 매우 잘 어울렸던 여자였는데 용준이를 꽤나 괜찮게 본 모양이었다.

"그래요? 전 별 느낌 없던데."

"선아한테 니 얘기 엄청 물어봤다던데? 한번 만나봐."

"넷이 같이 노는 거야 모르겠지만 둘이서만 볼 생각은 없어요."

"야 인마. 누가 결혼하래? 몇 번이라도 만나나 보지."

선아는 은근히 둘이 잘 되기를 바라는 눈치였다. 나도 용준이를 아끼는 마음에서 연애라도 좀 했으면 싶었다.

"사실 좋아하는 사람 따로 있어요."

"뭐? 누군데?"

"그냥 뭐... 아는 누나예요."

"누나? 연상이야?"

"네."

"어떻게 알게 되었는데?"

"그냥 어쩌다가요. 그런데 알고 보니까 결혼할 남자가 있더라고요."

"뭐? 미친년이네. 결혼할 사람이 있으면서 널 만났다고?"

"그 여자 잘못은 아니에요. 저 혼자 좋아하는 건데요 뭐."

"야 인마. 너한테 여지를 준 것 자체가 이상한 거지."

민철은 여자를 두둔하듯 고개를 내저었다. 그리고 이 말을 반복했다.

"그 여자 잘못이 아니에요."

출장을 다녀오고 나서 다시 검색질이 시작되었다. 대한민국 3대 흉가 외에, 잘 알려져 있지 않은 공포 체험지를 찾기 위해서였다.

제법 있었다. 집이나 사당, 동굴, 절벽 등등. 그러나 모습만 기괴한 경우가 대부분이고 상상력을 자극할 이야기를 지닌 곳은 없었다. 그렇다고 인터넷에 숱하게 등장하는 3대 흉가를 소개하는 기사를 쓰자니 자존심이 허락지 않았다.

여자친구인 선아도 함께 인터넷을 뒤져주었다. 광고회사 카피라이터로 일하는 그녀는 나만큼 초자연적인 현상에 관심이 있는 건 아니었지만 공포영화를 무척 좋아했고 내 취미도 존중해주는 편이었다.

어느 날, 그녀가 카톡으로 링크를 보냈다. 간단한 설명과 함께.

- 여기 어때? 컨셉이 좀 특이한데?

링크를 열어보니 블로그로 연결되었다. 공포체험을 즐기는 사진작가의 블로그였는데 낡은 창고 사진이 글머리에 떡하니 박혀있었다.

사진 속 창고는 주변에 인가가 보이지 않는 언덕에 홀로 서 있었다. 고속도로를 다니다 보면 가끔 눈에 띄는 곡물 창고 같은 모습이었다. 블로그 주인은 사진 아래 이런 설명을 붙여놓았다.

동네 주민을 다 합쳐봐야 500명이 채 안 되는 작은 마을에서 1년 동안 무려 네 명의 주민이 의식을 잃고 쓰러졌고 그중 한 명은 사망, 나머지 세 명은 식물인간으로 누워있다면 믿으시겠습니까? 아무 이유도 없답니다. 경찰에서 수사를 하고 있지만 평소에 지병이 있던 것도 아니었고 약물이나 폭행 정황도 없고 용의자도 없대요.

아직 혼수상태로 누워있는 사람들은 남자 둘, 여자 하나. 인근 농장에서 일하던 일꾼, 동네 슈퍼 주인, 양봉업자 아줌마 등 직업도 나이도 제각각입니다. 다들 같은 동네에 살면서 서로 아는 사이이긴 했지만 친하지는 않았고 공통점도 없다고 합니다. 심지어 제일 먼저 사망한 사람은 회사원인 외지인이라고 합니다.

그런데 언젠가부터 이상한 소문이 퍼지기 시작했습니다. 쓰러진 사람들이 모두 이 창고를 드나들었다는 겁니다. 마을 주인들의 말에 따르면 원래 농기구와 비료 등을 보관하는 창고였는데 농사짓는 주민이 급감하면서 자연스럽게 버려졌다고 합니다. 그러다가 몇 년 전에 태국에서 국제결혼으로 온 여자가 이 창고에서 남편을 살해하는 일이 벌어졌고, 그 뒤로 귀신이 나온다는 소문이 돌았다네요.

정말 창고의 귀신이 주민들을 데려간 것일까요? 저도 궁금해서 창고 안에 들어가 봤는데 확실히 불길한 기운이 느껴지긴 했습니다. 안 믿어지신다고요? 한 번 가보세요.

그렇게 끝난 글 아래, 창고 내부를 찍은 사진이 몇 장 이어져 있었다.

3대 흉가에 비하면 창고 안의 모습은 깨끗해 보일 정도로 별게 없었다. 원래 용도를 증명하듯, 녹슨 농기계와 먼지 쌓인 비료 포대들이 쌓여있었다.

"스토리는 좋은데, 여긴 또 비주얼이 별로네."

중얼거리면서 사진을 살펴보던 내 눈이 덜컥 멈췄다. 창고 벽에 그림이 한 장 걸려 있었다. 검은색 바탕에 빵과 우유, 계란, 그리고 항아리가 그려진 평범한 정물화였다. 일반 가정집에 걸려 있었다면 분위기 있는 회화 작품으로 여길 터였지만 버려진 시골 창고와는 전혀 어울리지 않는 그림이었다.

그 그림이 나를 그곳으로 이끌었다.

이번 출장에는 선아도 함께했다. 기사 마감일이 별로 여유가 없어 주말에 창고를 다녀와야 했는데 데이트 겸 시골 마을로 바람이나 쐬러 가자고, 자연스럽게 뜻이 모아졌다.

사실 여행사 기자라는 직업을 선택한 것도, 이상하고 괴이한 현상에 흥미를 느끼는 취향과 취미의 연장선상이었다.

일상의 공간에서 벗어나 낯선 지역에 가면, 설명할 수 없는 그 고장만의 영적인 에너지를 느끼곤 했다. 땅이나 강, 절벽, 오래된 건물에 깃든 영혼 같은 것이 감지되었다. 기사에 노골적으로 노출하지는 않았지만 독자들은 내 글에서 신비로운 느낌을 받는다는 리뷰를 많이 달아주곤 했고, 그런 반응을 볼 때마다 비밀스러운 뿌듯함을 느끼며 즐거워했다.

이번 기획취재야말로 일과 취미, 심지어 연애까지 삼위일체로 어우러지는 환상적인 상황이었다. 결코 가까운 거리가 아니었지만 나는 지치지도 않고 기분 좋게 차를 몰았다.

"와, 아직도 이런 데가 있네? 진짜 시골이구나."

마을 입구를 지키는 장승을 보며 선아가 혀를 내둘렀다.

그녀의 말대로 창고가 있는 마을은 포장도로도 제대로 깔려있지 않은 오지였다. 높은 건물도 없이 단층 주택만 모여 있는 평화로운 분위기였다.

"이런 데서 사람들이 연쇄적으로 혼수상태에 빠지는 사건이 발생했다고요? 네 명이나?"

민철은 믿기지 않는다는 표정으로 창밖을 둘러봤다.

"그중에 한 명은 결국 죽었고."

대답을 하면서도 나 역시 믿어지지 않았다. 사람이 쓰러지기는커녕, 쓰러졌던 사람도 벌떡 일어날 것 같은 물 좋고 공기 좋은 마을인데.

그러나 차를 대고 마을 사람들 몇몇과 이야기를 나눠보자 미심쩍은 점들이 계속 드러났다. 올해가 딱 일흔이라는 이장 어르신은 창고 쪽으로 시선도 두지 않으려고 했다.

"그년이 여기 올쩍시부터 나는 영 마음에 들지 않았어. 눈이 땡그란 게 아주 기분이 나빴거든. 태국에 살 때 아버지가 무당이었다나 뭐래나."

"태국에도 무당이 있나요?"

"그렇다나 봐. 몽 족? 뭉 족? 종족 이름도 요상했는데."

"남편은 왜 죽였대요?"

"그것도 이해가 안 가지. 남편이 나이가 좀 많긴 했지만 색시한테 참 잘했거든. 손찌검을 한 것도 아니고 한눈을 판 것도 아니고, 죽일 이유가 없었어."

"나이가 몇 살이었는데요?"

"병수 그놈이 몇 살이더라... 살아있으면 이제 환갑쯤 되었겠네."

"서른 살은 넘게 차이가 났겠네요."

"그것이 무신 상관이여?"

"그럼 그 여자는 지금 감옥에 갔나요?"

"그 부분이 제일 요상시러운 부분이재. 고년이 흔적도 없이 사라져부렀어."

"사라졌다고요? 도망갔나요?"

"모르지. 경찰이 말하기로는 남편을 죽이고 자기도 자살을 한 것 같다고 하는디..."

"왜요? 사라졌다면서요?"

"남편은 칼에 찔러서 죽었어. 근데 누가 마시고 남긴 제초제가 있었다는구만."

"남편 몸에서는 제초제 성분이 안 나오고요?"

"그렇게 복잡한 것은 내가 알덜 못하재."

이장과의 대화에서 풀리지 않은 궁금증은 마을 한복판에 있는 작은 슈퍼 주인을 만나서 어느 정도 해결되었다. 뽀글뽀글한 파마 머리를 한 초로의 여인은 실종된 네 명 중 한 명의 아내이기도 했다. 문제의 태국 신부 이름은 짜이였다.

"남편은 무신 남편이여. 짜이 남편은 교통사고로 죽고, 혼자 지내던 형이 짜이를 데리고 살았지."

"네? 그럼 남편이 죽고 나서 시아주버님하고 결혼을 했단 겁니까?"

"결혼을 했것어? 법적으로도 결혼은 안 되것지. 그 짐승 같은 놈이 강제로 데리고 살아버린 거지. 짜이가 맨날 울고불고, 난리도 아녔어."

황당한 이야기였다.

"그래서 그넘이 죽었을 때 동네에서는 그럴 줄 알았다고 하는 사람도 많았어. 원래도 맨날 술이나 퍼먹고 형편없는 인간이었거든."

"제초제는 어떻게 된 겁니까?"

"그게 참 이상하지. 그 사건 났을 때 읍내에서 경찰이 와서 온 동네를 뒤지고 난리도 아니었거든. 그런데 죽은 노인네 몸에서는 제초제 성분이 안 나왔다는 거여. 그럼 짜이가 먹은 것이 확실한데, 짜이는 사라져버렸고... 이게 당최 말이 안 되잖여?"

우리는 차를 몰고 읍내의 지구대를 찾았다. 나른하게 앉아있던 세 명의 경찰 중 한 명이 그때 사건을 잘 기억하고 있었다.

"맞습니다. 정황적으로 봤을 때, 제초제는 짜이가 먹은 거고요. 통에서 없어진 양을 가늠해보면 치사량이 훨씬 넘는 양이거든요? 사람이 먹고는 도저히 살아남을 수 없는 양인데."

"그럼 짜이가 남편을, 아니 시아주버니를 죽인 뒤에 제초제를 먹고 자살했고, 그 뒤에 누가 짜이 시체를 치웠다? 그렇게 되는 겁니까?"

"저희가 내린 결론은 그겁니다. 그래서 동네 주변을 샅샅이 뒤지고 읍내 버스터미널에 있는 CCTV도 확인했는데 못 찾았어요."

"그럼 요즘 벌어지는 사건들은 어떻게 된 겁니까? 주민들이 네 명씩이나 쓰러졌다면서요? 별 이유도 없이?"

"그게 참..."

경찰은 난감한 얼굴이었다. 내가 계속 캐물었다.

"짜이가 사라진 뒤부터 그런 일들이 벌어지고 있잖아요?"

"주민들 실종이 짜이 사건하고 연관이 있다는 증거는 없습니다."

"짜이 귀신이 창고에서 주민들을 잡아간다는 주민들 얘기는요?"

"귀신이라니요. 때가 어느 땐데..."

경찰은 애써 얼버무리려고 했지만 그의 눈은 공포에 사로잡혀 있었다.

우리 셋은 서로의 얼굴을 돌아보았다. 민철은 겁을 먹은 듯했지만 선아는 꽤나 흥미로워하는 얼굴이었다. 고백하건대, 나는 짜릿한 쾌감에 전율했다. 어쩌면 그토록 원하던 초자연적인 사건을 맞닥뜨렸다는 생각에.

지구대에서 나와서 바로 창고를 향해 차를 몰았다.

"형, 꼭 가야 해요? 좀 찜찜한데."

민철이 나를 말렸지만 여기까지 와서 그냥 올라갈 수는 없었다.

"경찰 아저씨 말씀 못 들었어? 요즘 세상에 귀신이 어디 있냐?"

"이러다가 진짜 귀신 보는 거 아냐?"

선아는 들뜬 기색을 숨기지 못했다. 나는 그녀의 손을 꽉 잡았다. 역시 내 여자친구다.

"민철이 너는 정 겁나면 창고 밖에 있어. 형은 월척을 낚은 예감이 든다."

나는 힘주어 가속페달을 밟았다. 비포장도로 위로 타이어가

뽀얀 흙먼지를 일으키는 모습이 백미러로 보였다. 누런 안개가 우리를 집어삼킬 듯 따라붙었다.

마을 외곽의 흙길을 10분쯤 달리다 보니 문제의 창고가 보였다.

"진짜 있네..."

뒷좌석에 앉은 민철이가 중얼거렸다.

"뭐가?"

"아까 그 이장 할아버지가 말한 거요. 짜이가 태국 무당의 딸이라고 했잖아요. 찾아보니까 진짜로 태국에도 무당이 있어요."

민철은 스마트폰으로 찾은 내용을 알려주었다.

"몽족은 고산 지역에 주로 사는 소수민족이래요. 몽족은 샤머니즘을 믿는데 우리나라처럼 굿도 하고 그러나 봐요. 특이하게 무당이 징을 치네요."

민철은 사진을 보여주었지만 운전하느라 제대로 볼 수가 없었다. 사진 따위 안 봐도 상관없다. 지금 중요한 건 태국의 샤머니즘이 아니니까.

마침내 창고 앞에 도착했다. 블로그에서 본 사진은 외관이 말끔했는데 그사이 사람들이 페인트로 칠해놓은 낙서들이 벽에 어지럽게 흩어져있었다.

귀신, 짜이, 접근금지, X, 해골 그림 등등.

창고 앞에 차를 세우고 나가는데 선아가 급히 나를 막아섰다.

"왜?"

"내가 먼저 들어가서 살펴보면 안 돼?"

"뭐? 갑자기 왜?"

"원래 공포는 혼자 느껴야 제맛이잖아."

"안 무서워?"

"무서울 게 뭐가 있어. 귀신같은 게 있을 리도 없고. 그리고 오빠가 창고 문 바로 앞에 있을 거잖아. 이상한 게 있으면 소리를 지르거나 바로 튀어나올게."

내심 반가운 소리였다. 나도 이렇게 희귀한 장소를 데이트하듯 여자친구와 팔짱 끼고 돌아보고 싶진 않았으니까.

"좋아. 그럼 차례로 한 명씩 들어가 보자."

"형, 나는 사양할게요."

민철이가 두 손을 들어 보였다.

"알았어. 넌 문 앞에 서 있어."

창고로 다가갔다. 길고양이들이 몇 마리 보였다. 놈들은 지옥문을 지킨다는 신화 속의 개 케르베로스처럼 창고 주위를 어슬렁거리고 있었다. 그리고 주민들이 달아놓은 것 같은 자물쇠로 문이 잠겨 있었다.

"들어가 보지는 못하겠다."

민철이 안심하는 얼굴이었지만, 여기까지 와서 허술한 자물쇠 뭉치 때문에 포기하긴 싫었다.

나는 자동차 트렁크에 있는 공구함을 열어 스패너를 꺼내 자물쇠 경첩을 뜯어 버렸다. 어렵지 않은 일이었다.

"와, 우리 오빠 터프하네?"

선아의 입맞춤은 덤이었다.

"그럼 나부터 공포체험 고고!"

선아는 찡긋 윙크하고서 창고 안으로 들어갔다. 드디어 시작이었다.

그녀를 기다리는 동안 민철이는 마치 자기가 창고 안에 있는 양 불안해했다.

"왜? 무슨 일이라도 생길 거 같냐?"

"형은 아무렇지도 않아요?"

"뭐가?"

"선아 누나가 저 안에서 무슨 일이라도 생기면 어떡해요."

"야. 일은 무슨 일. 우리가 문 앞에서 지키고 있는데. 게다가 여기가 무슨 곤지암 정신병원처럼 몇 층짜리 건물도 아니고. 고작 창고 한 칸인데 뭐."

사실 곤지암 정신병원은 공포체험 성지가 될 만한 조건은 고루 갖추고 있었다. 원장이 미쳐서 환자들에게 이상한 임상실험을 했다는 루머부터가 할리우드 공포영화처럼 극적이었다. 물론 루머는 루머일 뿐, 사실은 금전적인 문제로 문을 닫았고 병원 주인은 미국에 이민 가서 잘살고 있다는 말도 있었지만.

정신병원이라는 특수한 용도 덕분에 건물 내외부에서 뿜어져 나오는 카리스마가 압권이었다. 긴 복도와 부서진 문들. 사진으로만 봐도 비명소리와 중얼거림이 들리는 착각을 불러일으키는 병실 모습, 버려진 침대들과 녹슨 의료기구들...

그에 비하면 이 창고는 일단 공간이 너무 반듯하다. 지붕 높은 정방형의 창고 하나. 블로그에서 본 사진에 의하면 내부도 단순했다. 귀신이 나올 것 같은 방이나 열면 뭔가가 기다리고 있을 것 같은 문도, 좁은 계단을 따라 내려가야 하는 지하실도 없었다.

드르륵, 핸드폰이 진동했다. 유미였다.

- 오빵빵! 졸라 보고 싶어.

귀여운 카톡에 절로 웃음이 튀어나왔다.

- 일 시작했어?

- 아직 첫 손님 안 왔어. 오빠는 나 안 보고시퍼요?

- 보고 싶어.

- 그럼 달려와야지!

- 여기 출장 와 있어. 올라가면 연락할게.

- 아라써.

간단한 톡을 마치고 폰을 주머니에 넣는데 민철의 따가운 시선이 느껴졌다.

"형 다른 여자 만나죠?"

"어?"

녀석한테는 얘기하지 않았는데 눈치도 빠르지.

부인을 할까 털어놓을까 하다가 대수롭지 않게 말했다.

"그냥 재미로 잠깐 만나는 거야."

"선아 누나가 알아요?"

"야 인마. 말이 되냐? 알면 큰일 나지."

"그 여자는요? 형한테 여친 있는 거 알아요? 그것도 결혼할 사람인 거?"

항상 침착하던 녀석의 목소리가 높아졌다.

"이 새끼 봐라. 너 의외로 도덕적이다? 그냥 재미로 잠깐 만나는 애라니까. 친구 생일날 클럽에 갔다가 만난 애야. 얘도 남친 있고."

녀석한테 시시콜콜 다 설명하고 싶지 않았다.

연애한 지 2년이 넘어가면서 권태기가 왔다. 그러나 선아와 헤어질 생각은 없었다. 나는 여전히 그녀를 사랑하고 그녀 또한 나를 사랑한다는 사실을 안다. 그녀와 결혼하고 싶은 생각도 변함이 없다. 속물같이 들리겠지만 호프집과 카페 알바만 몇 년째 전전하고 있는 유미와 달리 선아는 좋은 아내의 요건을 꽤 많이 갖춘 여자이기도 하고.

아니, 그런 조건들과 상관없이 나는 선아를 정말로 사랑한다. 다만 서른을 코앞에 둔 젊은 남자로서 잠깐 호기심에 한눈을 팔았다고 해두자. 사실 유미라는 여자애하고도 아직 선을 안 넘었다. 고작해야 밥 몇 번, 술 한잔한 게 전부다. 마음만 먹으면 잘 수도 있었지만 죄책감이 뒷덜미를 잡았다. 나는 딱 그 정도의 나쁜 놈인 것이다.

민철은 뭔가를 말하려다가 입을 닫는 듯했다. 그러나 내 귀에는 마음의 소리가 들렸다.

쓰레기.

그런데 녀석의 이런 반듯한 모습이 좋다. 요즘 보기 드문 진지 청년. 녀석이 밉지 않다.

"담배나 한 대 빨까?"

나는 화제를 돌리려고 담배를 꺼냈지만, 골초인 민철이는 내 담배를 받지 않았다. 대신 상상 못했던 말을 뱉었다.

"그 여자가 처음 아니죠?"

"뭐?"

"예전에도 선아 누나 몰래 다른 여자 만났었죠?"

아, 씨발. 괜히 말했다.

"형. 솔직히 말해 봐요."

"이 새끼가…"

눈을 부라렸지만 민철은 기죽지 않았다.

"누나가 지겨워졌으면 그만 놔주세요."

"닥쳐라."

한 마디만 더 하면 가슴팍이라도 한 대 쳐주려고 했다. 그러나 민철은 한숨을 쉬며 고개를 돌렸다. 꽉 쥐었던 주먹을 풀고 담배에 불을 붙였다.

"새끼가 보자 보자 하니까…"

동물 무리에서 수컷이 수컷을 경계하듯 일부러 민철이 쪽으로 연기를 내뿜었다. 녀석은 더 이상 반응하지 않고 가만히 서 있었다.

혼자 태우는 어색한 담배가 다 타들어 갈 때까지 선아는 나오지 않았다. 꽁초가 간당간당할 무렵 마음도 초조해졌다. 민철이가 먼저 입을 열었다.

"선아 누나 무슨 일 있는 거 아니에요?"

"한번 불러볼까?

나는 꽁초를 던지고 창고 문을 열었다. 오랫동안 버려진 공간이 풍기는 텁텁한 먼지 냄새가 코를 찔렀다. 창으로 햇빛이 들어오긴 했지만 창고 안은 동굴처럼 어둑어둑했다.

"누나!"

민철이 소리쳐 불렀다. 대답이 없다.

"선아야! 선아야!"

나도 창고 안이 쩌렁쩌렁 울릴 정도로 큰소리로 이름을 외쳐보았지만 대답이 없었다.

뭐지? 진짜 귀신이라도 있는 건가?

마음이 조급해졌다. 핸드폰 플래시 라이트를 켜고 창고를 뒤져보려고 하는데,

"웍!"

선아가 갑자기 나타났다.

"깜짝이야!"

공포영화에서 귀신이 튀어나오는 장면을 볼 때처럼 간담이 서늘해졌다.

"헤헤, 놀랐어?"

생글생글 웃는 그녀를 한 대 때릴 뻔했다.

"걱정했잖아!"

나는 민철에게 보란 듯이 선아를 꽉 안아주었다.

"요즘 용준 씨가 내 걱정을 너무 안 하는 거 같아서 걱정 좀 하라고."

그녀의 애교가 놀란 가슴을 달래주었다.

"안 무서웠어?"

"그냥 뭐. 안에는 별게 없는데? 자기도 한 번 둘러봐."

"알았어."

굳은 얼굴로 문 앞에 서 있는 민철이 녀석이 몹시 신경 쓰였다.

혹시 일러바치는 건 아니겠지?

선아와 함께 창고 밖으로 나가는 녀석의 귀에 분명히 속삭여주었다.

"쓸데없는 소리 하면 죽는다."

민철은 대답 없이 나를 돌아보고는 선아를 따라 나갔다. 녀석의 마지막 눈빛이 서늘했다.

끼이익- 녹슨 철문이 닫히고 창고 안에는 나 혼자 남았다. 불쾌한 정적이 젖은 옷처럼 나를 휘감았다.

"에이 진짜. 씨발 놈이... 괜한 얘길 해서."

혼잣말로 욕설을 뱉어도 찜찜한 기분이 나아지지 않았다. 오랜만에 제대로 짜릿한 공포 체험을 해볼 수 있겠다는 기대가 민철이 녀석 때문에 흐트러졌다. 게다가 혹시 선아하고 둘만 있을 때 다른 여자 얘기를 꺼내면 어쩌나 불안하기도 했다.

그래도 찬찬히 둘러보기로 하고 DSLR 카메라를 켰다. 낙서가 많이 그려진 외벽과 달리 창고 내부는 블로그에 담긴 사진들과 큰 차이가 없었다. 고철이나 다름없는 옛날 농기구들이 고장 난 채 여기저기 버려져 있고 안에 든 내용물이 비료인지 곡물인지 알수 없는 포대들이 한쪽 벽에 잔뜩 쌓여 있었다.

셔터를 누를 때마다 카메라 플래시가 번쩍번쩍 어둠의 뺨을 후려쳤다. 바닥에 떨어져 있던 곡괭이 자루를 잘못 밟아 넘어질 뻔해서 소리를 지른 것 외에는 딱히 놀랄 일은 없었다. 그런데 창고 안쪽으로 깊숙이 들어가자 설명하기 어려운 기운이 느껴졌다.

모든 사물은 인력을 가진다. 다른 사물을 당기는 힘. 우리가 잘 알고 있는, 아이작 뉴턴이 사과가 땅에 떨어지는 모습을 보고 영감을 얻어 발견했다는 만유인력의 법칙이다. 질량에 비례하고 거리에 반비례하는 인력처럼, 나는 사람이나 사물이 영적으로도 다른 존재를 당기는 힘을 가질 수 있다고 믿어왔다. 바로 그 힘을 느꼈다.

무엇인가가 나를 끌어당기고 있었다. 대한민국의 3대 흉가에서는 전혀 느끼지 못했던 힘. 나는 사진을 찍는 것도 잊은 채 그 힘에 이끌려 걸음을 옮겼다. 그리고 마침내 그림 앞에 섰다.

검은색 바탕에 빵과 우유, 계란, 그리고 항아리가 그려진 평범한 정물화. 버려진 시골 창고와는 전혀 어울리지 않는 그림이 어떻게 창고에서 가장 안쪽 벽에 덩그러니 걸리게 되었을까?

누가 그렸을까? 누가 여기에 걸어놨을까? 언제 그린 그림일까? 왜 그렸을까?

차오르는 호기심이 내 팔을 들었다. 그리고 그림을 만지게 만들었다. 검지 끝이 캔버스를 덮은 유화물감에 닿는 순간-

정신을 잃었다. 정신을 잃었다는 것을 인지할 틈도 없이, 아주 짧은 찰나에 나는 정신을 차렸다. 그런데 정신을 못 차린 것 같기도 했다.

나는 태어나서 처음 보는 벌판에 있었다. 황무지라고 해야 좋을까? 지평선이 어렴풋이 보일 만큼 끝도 없이 펼쳐진 땅에는 나무도 건물도 없었다. 하늘은 낮도 밤도 아닌... 청록색이었다.

대체 여긴 어디지? 꿈인가? 우주의 다른 행성인가? 혹시... 저세상인가?

머리카락을 잡아당겨 보려는 찰나, 나는 또 정신을 잃었다.

다시 창고였다. 나는 괴이한 정물화 앞에 서 있었다. 내가 그림을 보고 있는 건지, 그림이 나를 보고 있는 건지 알 수 없지만.

왠지 몸에 힘이 없었다. 더 이상 창고를 돌아볼 생각도 의욕도 사라졌다. 무거워진 몸을 이끌고 창고에서 빠져나왔다.

"어땠어? 괜찮았어?"

선아가 물었다.

"응. 그럭저럭."

그렇게밖에 대답할 수 없었다. 급격한 피로감이 몰려와서 말을 많이 할 수가 없었다. 대신 이것만은 꼭 물어봐야 했다.

"너도 그림 봤어?"

"응. 창고 안쪽에 있는 그림?"

"응. 별로 이상한 건... 없었어?"

"뭐가? 그림이?"

아니구나. 넌 안 다녀왔구나. 청록색 하늘이 있던 들판에.

그렇다면 얘기할 필요가 없겠네. 말해봤자 믿지도 않을 테니.

내 착각이었을 거야. 아마 그랬을 거야.

우리는 다시 서울로 돌아왔다. 올 때도 운전은 내가 했다. 몸은 흐느적거리는데 정신은 커피 몇 잔을 연거푸 마신 듯 각성되어 있었다.

서울에 들어오자마자 민철이는 어디 갈 데가 있다며 먼저 내렸다. 선아는 맥주를 한잔하고 들어가고 싶어 했지만 나는 눕고 싶다는 생각뿐이었다. 분위기를 보니 민철이가 선아한테 유미 이야기를 한 것 같지는 않았다. 그 문제조차도 신경 쓰이지 않을 정도로 내 몸은 지쳐있었다. 결국 선아도 내 상태를 눈치챘다.

"오빠, 괜찮아? 안색이 안 좋아."

"이상하네. 갑자기 너무 피곤해."

"피곤할 만도 하지. 운전한 시간이 얼만데."

"그런 게 아니라 뭔가 기분이... 몸에 실이 묶여있는 것 같아."

"실?"

"꼭두각시라도 된 것처럼 누가 날 막 잡아끄는 느낌이랄까..."

"아휴, 오빠 피로 풀리게 맥주 한 잔 사주려고 했는데 차라리 그냥 일찍 자는 게 낫겠다. 나 그냥 지하철역에서 내려줘."

난 선아를 집까지 데려다주지도 못하고 가까운 지하철역에 내려주고 집으로 돌아왔다.

"취재는 잘 됐니?"

엄마가 물어보는 간단한 말에 건성으로 대답을 해주고 방에 들어왔다. 씻을 힘도 없어서 겨우 옷만 벗고 쓰러지듯 침대에 파고들었다.

해 본 적은 없지만 마약을 하면 이럴까? 머리가 팽팽 도는 것 같은데 정신은 예민해졌다. 그러다가 퓨즈가 나가듯 펑, 정신을 잃었다. 아까 창고에서 그림을 만졌을 때처럼.

얼마나 시간이 지났을까?

정신이 들었을 때 나는 또 이상한 장소로 옮겨져 있었다. 태어나서 처음 보는 벌판, 또는 황무지. 어렴풋한 지평선. 나무도 건물도 없는 땅. 하늘은 낮도 밤도 아닌 청록색 하늘... 아까 창고에서 환각으로 봤던 그곳이었다.

대체 여긴 어디지? 꿈인가? 우주의 다른 행성인가? 혹시... 저세상인가?

나는 아까 창고에서와 똑같은 생각과 행동을 했다. 머리카락을 잡아당겨 보았다. 그런데 이번에는 두피에 감각이 생생히 느껴진다. 눈을 몇 번이나 깜빡여도 그대로.

말도 안 된다. 나는 분명히 내 방에서 잠이 들었는데. 대체 지구상에 이런 곳이 존재할까 싶은 여긴 뭐란 말인가?

"뭐야 이게..."

중얼거리는 내 목소리도 선명히 들린다. 꿈이 아니다. 환각도 아니다. 이건 현실이다.

"엄마!" "선아야!" "제발!"

있는 힘껏 소리를 지르지만 미지의 공간으로 흩어질 뿐.

"이런 씨발!"

욕을 해봐도 소용없다.

결국 나는 경험하고 말았다. 평생 기대했던 초자연적 현상을.

그런데 경험으로 끝나지 않고...

여기에 갇혀버리면 어쩌지?

태어나서 한 번도 느낀 적 없는 거대한 공포가 거인의 손처럼 나를 움켜쥐고 들어 올렸다가 내팽개치고 다시 옥죄었다. 나는 있는 힘을 다해 소리쳤다.

"살려주세요!"

등 뒤에서 다른 사람의 목소리가 들렸다.

"소용없어."

2부

사라진 사람들

혼수상태, 흔히 식물인간이라고 하는 상태의 사람을 본 건 처음이었다. 의식을 잃은 사람의 표정이 이렇게 편안해 보일 줄은 몰랐다. 몸을 흔들면, 아유 잘 잤다 중얼거리며 일어날 것만 같았다.

　선아는 손을 뻗었다. 입원실 매트리스 위로 축 늘어진 용준의 손을 잡아보았다. 여전히 아무 힘도 없다. 숨을 쉬고 심장이 뛴다는 것만 빼면 시체와 다를 게 없었다. 잠을 자다가 깨지 못하고 혼수상태에 빠진 지가 벌써 사흘째였다.

　병원에서도 온갖 검사를 다해봤지만 원인을 알 수 없다고 했다. 생체신호는 모든 면에서 정상인데 정신만 돌아오지 않고 있다고 했다. 선아는 미칠 것 같았다. 병실에 용준과 둘만 있을 때면 통한의 사과를 하곤 했다.

"미안해. 오빠가 이렇게 된 건 다 나 때문이야. 내가 그 창고를 오빠한테 소개해주지만 않았어도... 미안해. 내가 꼭 오빠를 구해줄게."

학교 교장 선생님인 아버지와 가정주부인 어머니는 눈물이 마를 새가 없었다. 선아도 툭하면 눈물이 차올랐지만 부모님들이 하도 우서서 오히려 눈물을 삼켜야 했다.

"아버님, 어머님, 너무 울지 마세요. 우리 용준 씨 분명히 일어날 거예요. 그저 조금 긴 잠을 자는 것뿐이라고 생각하기로 해요."

"그래, 고맙다 선아야."

부모님과 손을 꼭 잡으면서도 선아는 모든 걸 다 털어놓을 수 없어서 마음 한구석이 불편했다.

용준 오빠는 취재 여행을 다녀온 다음 날 그렇게 되어버렸다. 그녀보다 한 살 더 많은 용준은 씩씩한 성격처럼 몸도 건강하고 늘 활력이 넘치는 사람이었다. 다들 환절기마다 앓곤 하는 감기조차 걸리는 일을 본 적이 없었는데, 갑자기 이렇게 쓰러져 버렸다.

창고 때문일까? 주민들도 똑같이 당했다고 했잖아?

음험한 생각을 지울 수가 없었다. 그러나 무신론자에 철저한 이성주의자인 용준의 부모님에게 귀신이 당신네 아들의 영혼을 데려갔다고 말할 수는 없었다. 게다가 선아는 너무나도 멀쩡했다. 똑같이 창고를 둘러봤는데 자신은 아무렇지도 않은 이유를 설명할 수 없었다.

"또 들릴게요 어머님, 아버님."

선아는 병실에서 나왔다. 늦은 저녁, 퇴근하고 바로 병원에 오느라 저녁도 못 먹어 배가 쓰리도록 고팠다.

주차장으로 걸어가서 차에 오르고 나서도 시동을 걸지 않고 잠시 앉아서 쉬었다. 긴 한숨을 몇 번이고 내쉬는데 전화가 왔다. 민철이었다.

"응."

"어디에요 누나?"

"여기... 병원."

"아직도 못 일어났구나. 병원에서는 뭐래요?"

"이유를 알 수가 없대."

"형네 부모님한테 창고 얘기하셨어요?"

"그걸 어떻게 얘기해. 믿으시겠니? 괜히 마음만 더 심란해지시지."

"하긴..."

민철의 목소리도 풀이 죽어 있었다.

"민철아. 나 정말 나쁜 년인가 봐."

"왜요?"

"나 용준 씨 진짜로 사랑하거든? 그런데... 배가 고프다."

선아의 맑은 눈에 금방 눈물이 고였다가 뺨으로 툭 흘러내렸다.

"이 와중에, 용준 씨가 사경을 헤매고 있는데 나란 년은 배가 고프다고!"

좁은 차 안에 그녀의 흐느낌이 가득 찼다. 민철은 가만히 듣고만 있다가 흐느낌이 잦아들자 말했다.

"거기 있어요. 제가 병원으로 갈게요."

선아는 다시 흐느끼기 시작했다.

오겠다고 말한 지 30분도 지나지 않아서 민철이 도착했다. 그는 벌겋게 눈이 부은 선아를 병원 근처의 설렁탕집으로 데려갔다. 민철은 알아서 설렁탕 두 그릇을 주문해놓고, 물에 적신 냅킨으로 선아의 눈가를 닦아주었다.

"정말 그 창고 때문일까?"

"그걸 어떻게 알겠어요?"

"너도 알잖아. 평소에 용준 씨가 얼마나 건강한 사람이었는지? 노인도 아니고 아직 서른도 안 된 사람이 갑자기 이럴 이유가 없단 말이야."

"일단 기다려보면서 의료진의 얘기를 들어봐야죠."

"무슨 얘기를 들어? 자기들도 모른다잖아?"

"다른 방법이 없잖아요?"

"나... 회사에 1주일 동안 휴가 냈어."

"네?"

"다시 거기 가 볼 거야."

"거기라니, 어디요?"

"창고."

"뭐라고요? 미쳤어요? 누나가 거기 간다고 뭐가 달라지는데요?"

"용준 씨가 저렇게 된 진짜 이유라도 알아야겠어. 귀신이 있다면 귀신을 달래서라도 용준 씨를 찾아와야지."

여린 얼굴과 달리 선아의 눈빛은 결연했다. 그녀를 바라보는 민철의 눈빛이 파르르 떨렸다.

"용준이 형은 좋겠네요."

"뭐?"

"누나가 이렇게까지 사랑해주니까요."

"사랑은 말로만 하는 게 아냐. 사랑하는 만큼, 노력할 거야."

음식이 나오자 선아는 밥을 먹기 시작했다. 들어가지 않는 국과 밥을 꾸역꾸역 밀어 넣었다. 여전히 눈에는 눈물이 고여 있지만 수저를 쥔 손에는 힘이 들어가 있었다.

미지의 시공간에서 사람을 만나게 될 줄은 몰랐다. 등 뒤에서 사람 목소리를 들은 용준은 비명을 질렀다.

　"헉!"

　고개를 돌려보니 등 뒤에 중년 여자가 서 있었다. 그녀뿐이 아니었다. 두 명이 더 있었다. 반쯤 머리가 벗겨진 초로의 아저씨, 용준보다도 어려 보이는 동남아계 청년.

　"여기가 어디예요? 당신들은..."

　아저씨와 청년은 실어증에 걸린 듯 공포에 질린 얼굴로 입도 떼지 못했고, 그나마 여자가 대답을 해주었다. 소용없는 대답이었지만.

　"여기가 어딘지는 우리도 몰라."

　그들이 누구인지는 대답을 듣지 못해도 알 것 같았다. 혼수상태에 빠졌다는 마을 사람들.

　"총각도 창고에 들어갔었어?" 여자가 물었다.

　"네."

　"동네 사람은 아닌 것 같은데?"

　"일 때문에 왔다가 창고에 들어갔었는데."

　용준은 자신의 직업을 밝히고 창고에 들어가게 된 계기도 말해주었다. 여자도 자신의 상황을 설명해주었다.

　"나는 동네 뒷산에서 남편이랑 같이 벌을 치는 사람이야. 창고에는 가끔 들렀는데 못 보던 그림이 있길래 만져봤다가 정신을 잃었지. 그때 처음 여기를 봤어. 다시 정신이 들어 집에 돌아갔다가 잠이 들었는데... 여기서 잠이 깼고.”

“저랑 똑같네요.”

“다른 사람들도 그래.”

“아주머니가 제일 먼저 오셨어요?”

“아니. 내가 와 보니 슈퍼 아저씨가 있더라고. 그리고 나중에 핫산이 왔고.”

동남아 청년 이름이 핫산이구나.

용준은 다른 두 사람을 돌아보았다.

핫산은 눈을 깜박이며 용준을 관찰했다. 제일 먼저 와 있었던 슈퍼 아저씨는 그저 멍하니 하늘만 보고 있었다. 여자가 계속 말을 했다.

“얘기를 나눠보니 우리 셋 다 똑같은 식으로 여기에 왔더라고. 당신도 그림을 만졌어?”

“네.”

그렇다면, 그림이 우리를 빨아들였다는 말인가?

용준은 믿을 수가 없어서, 믿고 싶지도 않아서 고개를 세차게 흔들었다.

그 순간, 그는 깨달았다. 어디인지 알 수 없는 이곳이 아닌 진짜 세상에서 이 사람들은 혼수상태에 빠져 있다는 것을. 그렇다면...
나도?

"안 돼. 이건 안 돼!"

온몸에 소름이 돋았다. 손발이 부들부들 떨렸다.

"진정해. 그래봤자 소용없으니까."

여자는 초연한 얼굴이었다.

"아주머니는 여기 온 지 얼마나 됐어요?"

"정확히 모르겠네. 여긴 낮과 밤이 없으니까. 몇 달? 1년? 2년?"

"1년이 넘진 않을 거예요. 제가 알기로 사건이 처음 발생한 게 1
년 전이라고 했어요."

"사건?"

"모르세요? 당신들은 모두 혼수상태에 빠져 있어요. 작은 시골
마을에서 연쇄적으로 주민들이 혼수상태에 빠지는 일이 벌어진
다고 해서 제가 취재를 왔다고 했잖아요. 당신들이 바로 그 사람
들이라고요."

"역시... 그랬구나."

"뭐가요?"

"슈퍼 아저씨가 자다가 혼수상태에 빠져서 동네가 시끄러웠던
적이 있거든. 그런데 여기 와보니까 아저씨가 있더라고. 그렇다면
나도..."

"네. 맞아요. 당신들 모두 진짜 세상에서는 혼수상태로 누워있어요. 저는 저 아저씨 부인을 만나서 얘기도 들었어요."

그 순간, 멍하니 하늘을 보던 슈퍼 아저씨가 용준을 돌아보았다.

"우리 집사람을 만났다고?"

실어증은 아니었다.

"네! 오늘, 그러니까 몇 시간 전에 만났어요."

"잘 지내고 있어? 집사람은?"

"뭐... 잠깐 얘기만 들어서 잘은 모르겠어요. 건강해 보이시긴 했어요."

"우리 애들도 봤어?"

"그건 모르겠네요. 취재 때문에 슈퍼에 들러서 짜이에 대한 이야기를 물어본 것뿐이니까요."

슈퍼 아저씨는 힘없이 고개를 끄덕였다. 정신병자처럼 눈이 완전히 풀려 있었다. 1년이나 이 황량한 곳에 있었으니 제정신일 리가 없었다. 용준도 그렇게 될까?

그런데 문득 이상한 점을 발견했다. 내가 아까 서 있던 곳에 카메라가 놓여있었다.

"어... 저게 왜..."

용준이 중얼거리자 여자가 말했다.

"창고에 들고 갔던 물건이지?"

"네. 어떻게 아세요?"

여자는 손을 뻗어 어딘가를 가리켰다. 십여 미터쯤 떨어진 거리에 바위가 있었다. 다가가서 보니 바위 옆에 몇 가지 물건들이 있었다. 먹다 만 빵, 계란 두 알, 그리고 작은 단지.

용준은 바로 여자에게 달려와서 물었다.

"그림에 있던 물건들이네요?"

"그래? 총각이 창고에서 그림을 봤을 때 계란도 있었어?"

"네."

"역시 그렇군."

"뭐가요?"

"내가 그림을 봤을 때는 계란이 없었거든."

용준은 여자의 말뜻을, 그것이 얼마나 무서운 이야기인지 이해하지 못했다.

그저 막막한 눈으로 하늘을 쳐다보았다. 녹색과 푸른색이 뒤섞인 하늘이 너무나도 기괴하였다.

민철은 성격처럼 차분하게 운전을 했다. 차 안에는 마음을 편하게 해주는 뉴에이지 계열의 연주 음악이 계속 흘러나왔다. 평소 같으면 지겹다며 신나는 EDM으로 음악을 바꿨겠지만 선아는 가만히 듣고 있었다.

고속도로에서 빠져나간 민철은 내비게이션이 지시하는 대로 국도를 탔다.

"이제 곧 마을에 도착해요. 12분 남았네요."

"고마워. 같이 와줘서."

"제가 아니었어도 왔을 거예요?"

"응."

"운전도 못하면서."

"버스 타고 택시 타고 오면 되지."

"무슨 여자가 겁도 없이 그래요? 여기가 어딘 줄 알고."

"다급해지면 겁도 없어지나 봐."

"그럼 다시 창고에 들어갈 거예요?"

"그래야지."

"그럼 일단 경찰서에 들러요."

"안 돼."

"왜요?"

"그럼 경찰이 창고를 폐쇄할지도 몰라. 그럼 아예 길이 막혀버린단 말이야."

"무슨 길이요?"

"용준 씨와 닿을 수 있는 길."

"아니, 창고 안에 무슨 영적인 통로라도 있다고 믿는 거예요?"

선아는 천천히 고개를 끄덕였다.

"누나 제발..."

민철이 애원했지만 선아의 태도는 단호했다.

"바로 창고로 가."

며칠 전에 그들이 들른 후로 창고에 드나든 사람은 없는 듯했다. 용준이 스패너로 부순 자물쇠가 그때 부서진 그대로 매달려 있었다. 지옥문을 지키는 개 케르베로스처럼 창고 주위를 어슬렁거리는 길고양이들도 여전했다.

비교적 맑은 날씨였던 그날과 달리 오늘은 금방 폭풍우라도 몰려올 듯 하늘이 시커멨다. 선아는 창고 앞에서 천천히 심호흡을 하고 민철을 돌아보았다.

"겁나면 밖에 있어."

"누나. 지금이라도 경찰을 부르죠."

"너 공무원 마인드 몰라? 이런 시골에서 가뜩이나 흉흉한 소문이 도는데 일이 더 커지도록 놔두겠어? 미봉책으로 이 창고를 없애버릴지도 몰라. 그럼 용준 씨를 찾을 단서도 영영 없어지는 거야. 게다가 난... 지난번에도 무사했어."

"지난번에 무사했다고 이번에도 괜찮으리라는 보장이 어디 있어요?"

"넌 그냥 여기 있어."

선아는 더 이상 민철을 설득하지 않고 창고의 문을 열었다.

"누나!"

민철이 애타게 외쳤지만 그녀는 이미 창고로 발을 들여놓았다. 문을 잡고 안절부절못하던 민철이 결국 그녀를 따라 들어왔다. 기분 나쁜 쇳소리와 함께 문이 닫혔다. 민철이 눈을 질끈 감았다 떴다.

선아는 핸드폰 플래시를 켜고 지난번보다 더 샅샅이 창고 안을 살폈다. 민철은 호위무사처럼 그녀의 곁을 지키며 주위를 두리번거렸다. 마치 귀신이 나오나 안 나오나 살피는 사람처럼.

"대체 뭘까."

창고 곳곳을 뒤지는 선아의 목소리가 흔들렸다. 그녀의 가녀린 손이 녹슨 농기구들을 헤집고, 먼지 쌓인 거미줄을 걷어냈다.

"뭐가 용준 씨를 데려갔을까?"

"누나. 자꾸 그런 쪽으로 생각하지 말아요."

"나도 미신 같은 거 안 믿었는데, 이제 그 가능성밖에 없잖아?"

"세상에 이상한 일들이 얼마나 많이 일어나는데요. 그런 일들을 다 귀신이 했다고 생각해요?"

"귀신인지 아닌지는 모르겠지만, 뭔가가 있어. 그렇지 않고서야..."

중얼거리면서 걸어가던 선아의 발걸음이 멈췄다. 바닥을 휘청거리던 핸드폰 플래시가 천천히 올라가면서 벽을 비추었다. 그림이 있었다.

"그래. 저 그림."

선아는 플래시를 그림에 가까이 갖다 댔다.

"처음부터 저 그림이 뭔가 이상했어."

"그림이 왜요?"

민철도 그림을 살폈다.

"하아!"

선아가 외마디 비명을 지르며 뒤로 물러났다.

"왜요?"

"그림이... 그림이 바뀌었어!"

"네? 그럴 리가요?"

민철은 그림을 살펴보았다. 먹다 만 빵, 계란 두 알, 밀봉된 단지, 그리고 카메라가 있었다.

"뭐가 바뀌었다는 거예요?"

"진짜야. 지난번에 왔을 때는 카메라가 없었다고!"

선아는 팔짝 뛰며 흥분했지만 민철은 고개를 갸웃했다.

"그게 말이 돼요?"

"넌 모르겠어?"

"전 처음 보는 그림이잖아요. 지난번에 안 들어왔으니까."

"그럼 이것 좀 봐봐!"

선아는 핸드폰을 열어 블로그를 보여주려고 했다. 그런데 인터넷 창이 열리지 않았다.

"뭐야. 왜 안 열려?"

"시골이라서 그런가 보죠."

"와이파이도 아니고 모바일 데이터인데?"

민철은 자기 핸드폰을 열어봤지만 역시 인터넷이 잡히지 않았다. 그뿐만이 아니었다. 아예 통화권 이탈 상태였다.

"뭐지? 요즘 섬에서도 통화는 다 되는데..."

중얼거리면서 핸드폰 위치를 이리저리 움직여보았지만 창고 어디에서도 신호가 잡히지 않았다.

민철이 핸드폰과 씨름하는 사이 선아는 그림 앞으로 얼굴을 갖다 대었다.

"이거야. 바로 이 그림에 비밀이 있어."

그림을 살피던 선아의 눈이 번쩍 떠졌다. 그림에 새로 등장한 카메라는 바로 용준의 카메라였다.

"오오... 말도 안 돼. 정말 말도 안 돼!"

그녀는 핸드폰으로 그림을 찍었다. 찰칵찰칵 플래시가 터질 때마다 그림 속에서 숨어있는 누군가의 눈동자가 보이는 섬뜩한 착각이 들었다. 마치 밖에서는 안이 보이지 않지만 안에서는 밖이 보이는 창처럼...

"누나. 아무래도 이상해요. 이제 그만 나가요."

민철이 선아를 이끌었다. 그러나 선아는 뭔가에 홀린 듯 손을 들었다.

"있잖아. 이 그림 안에 용준 씨가 들어있는 건 아닐까?"

곧게 뻗은 그녀의 손가락 끝이 천천히 그림에 닿았다.

용준은 다시 물건들이 놓여있는 곳으로 걸음을 옮겼다. 흙바닥 위에 질서 없이 모여 있는 것들을 내려다보았다. 먹다 남은 빵, 계란 두 알, 단지, 그리고 카메라. 그를 따라온 여자가 고개를 갸웃했다.

"어... 없어졌다."

"뭐가요?"

"우유가 있었는데 없어졌어."

용준도 기억해냈다.

"맞다! 제가 창고에서 본 그림에도 컵에 담긴 우유가 있었는데."

"윤 대리님 물건이야."

"윤 대리님이요?"

"여기 제일 먼저 온 사람."

"슈퍼 아저씨보다 먼저요?"

"응. 그런데... 잡혀갔어."

"잡혀가요?"

비교적 평정을 지키던 여자조차 '잡혀갔다'는 말을 할 때는 잔뜩 움츠러들었다.

"그리고 우유도 나중에 없어졌나 보다. 얼마 전까진 여기 있었는데."

"누가 잡아갔단 겁니까?"

여자는 이를 악물고 고개를 내저었다.

"말씀해주세요! 누가 잡아갔단 거예요?"

"안 돼..."

여자는 두 손으로 머리를 움켜쥐고 눈을 감았다. 도저히 상상도 하기 싫은 뭔가가 떠오른 모양이었다.

"제발요... 대체 누가 윤 대리라는 사람을 데려갔다는 거예요?"

마침내 여자의 붉은 입술이 열렸다. 그리고 무서운 이야기를 내뱉었다.

"괴물."

"괴물?"

"여긴 괴물이 살아."

"어떤 괴물이요?"

"그건 도저히... 말할 수 없어... 그 모습... 그 눈... 그 눈은... 한 번 보면 절대 못 잊지."

그녀의 표정이 악마라도 본 양 겁에 질려 있었다. 대체 어떤 괴물이기에? 용준도 마치 괴물이 눈앞에 있는 것처럼 생생하게 상상되었다.

"아줌마. 대체 제가 오기 전에 무슨 일이 있었던 겁니까? 자세히 말해주세요!"

"말해봤자 뭐해. 니까짓 게 뭘 어쩌려고."

아줌마의 눈에 힘이 풀렸다.

"여기서 빠져나가야죠."

"어떻게?"

"그건 아직 모르겠지만 일단 도대체 여기서 무슨 일이 벌어지고 있는지부터 알아야 생각이 나겠죠."

"원래 여기 제일 먼저 와 있던 사람은 윤 대리라는 회사원이었어. 그다음에 슈퍼 아저씨가, 그리고 내가, 마지막으로 핫산이 왔지. 얘기를 해 본 결과 우리 넷은 아무 공통점이 없었어."

그녀는 사람들에게 자신이 들은 이야기를 차분하게 털어놓았다.

원래 윤 대리라는 사람은 이 마을이 고향이었다. 근처 소도시에 있는 재활용 업체에 취직했는데 마을 창고의 버려진 농기계들을 고철로 팔려는 이장에게 연락을 받고 창고에 들렀단다.

"그 뒤로는 우리랑 똑같아. 약간의 어지럼증을 느끼고 집에 돌아간 뒤, 잠이 들었다가 정신을 잃고 깨보니 여기였대."

"창고에 들어갈 때 우유를 들고 갔던 모양이네요."

여자는 고개를 끄덕였다.

"윤 대리도 용준 씨처럼 씩씩한 성격이었는데, 용준 씨가 나타나고 얼마 안 있어서 괴물에게 붙들려갔어. 그 광경이 얼마나 처절했는지..."

아줌마는 치를 떨었다.

"저는 어떻게 왔나요? 하늘에서 떨어졌어요? 땅에서 솟아났어요?"

"새로 오는 사람은 바람에 날려 와. 마치 가루가 모여서 사람의 몸이 만들어지듯이. 핫산도 그랬지. 슈퍼 아저씨 말로는 나도 그랬대."

슈퍼 아저씨는 창고에 사는 고양이들에게 밥으로 빵을 주러 갔다가 일을 당했다고 했다. 한국말이 서툰 농장 직원 핫산의 경우는 자세히 알 순 없지만 종종 창고에서 낮잠을 자는데 어느 날 이렇게 되어버렸다고. 역시 간식으로 먹으려고 싸 온 계란 두 개가 주머니에 있었다고.

"나는 못 쓰게 된 양봉 상자들을 창고에 놔두러 갔다가 변을 당했어. 그림이 눈에 띄어서 만져봤는데 그 순간에 잠깐 정신을 잃었고... 여기를 얼핏 봤다가 다시 정신을 차렸고... 하루 종일 현기증을 느끼다가 잠이 들었는데 여기서 정신이 들었지.”

“저 항아리는 아줌마가 들고 온 물건이고요?”

“응.”

“항아리에는 뭐가 들었나요?”

“꿀.”

“다른 사람들도 그림을 만졌대요?”

“응. 그게 유일한 공통점이야.”

그때 여자의 흐느낌이 들렸다. 그것은 마치 먼 북소리처럼 아련하고도 귀신의 울음처럼 섬뜩했다. 가까이서 들리는 소리는 아니었다. 등골이 서늘해졌다.

“이게 뭐야... 이 소리는 뭐죠?”

“나도 모르겠어. 가끔 아주 가끔 들리곤 해.”

용준은 소름 때문에 몸을 파르르 떨었다. 몸을 잠식한 소름이 겨우 가라앉고 난 후, 바닥에 옹기종기 모인 정물들을 다시 관찰했다.

“참 이상하네요. 길게는 1년이 지났는데도 썩지도 않고 그대로예요.”

“여기서는 아무것도 변하지 않아.”

“네?”

"음식도 썩지 않고, 사람도 늙지 않아. 심지어 내 화장도... 그대로야."

여자는 손등으로 입술을 문질렀다. 그런데 붉은 입술이 그대로였다. 손등에 루주도 묻지 않았다.

"하아..."

용준은 놀라서 입을 틀어막았다.

"총각이 오기 전까지, 이곳은 모든 것을 그대로 간직하는 감옥이었어. 그런데..."

"윤 대리가 죽었군요."

여자는 침통하게 고개를 끄덕였다.

길고 긴 침묵이 미지의 공간을 바람처럼 떠돌았다. 용준은 공포에 지지 않으려고 주먹을 꽉 쥐었다.

이대로 포기할 순 없다. 다시 돌아가야 해. 현실로. 사랑하는 사람들이 있는 곳으로.

그러기 위해서라도 이 빌어먹을 곳에서 빠져나가야 했다.

그는 여자를 데리고 돌아왔다. 슈퍼 아저씨와 핫산이 있는 곳으로.

용준이 물었다.

"다들 잠은 어떻게 잡니까?"

그 말에 슈퍼 주인이 픽 웃었다.

"왜요?"

여자가 대신 대답했다.

"총각. 여기선 졸리지도 않아. 배고프지도 않고, 당연히 오줌똥 싸고 싶은 생각도 안 나고, 성욕도 없어."

"뭐라고요? 그럼 안 자고 안 먹고 안 싼다는 말인가요?"

"응."

"그리고 어떻게 삽니까?"

계속되는 헛소리에 화가 다 날 지경이었다.

"우리가 증거잖아. 이렇게 몇 달씩, 일 년씩 살아 있잖아."

여자는 슬픈 얼굴로 말했다.

"여긴 감옥이야. 잠도 못 자고, 먹지도 못하고, 싸지도 못한 채 끝도 없이 갇혀있어야 하는 감옥!"

갑자기 그녀가 찢어질 듯 높은 소리로 웃기 시작했다.

"아하하하하하하하! 빨리 미쳐버렸으면 좋겠다! 그럼 시간이라도 잘 갈 텐데! 하하하하하."

온몸에 소름이 돋았다.

"제발 미치게라도 해줘! 아님 차라리 죽여줘! 제발! 하하하하."

여자의 히스테리가 처음은 아닌 듯, 슈퍼 주인은 귀를 막았다.

이미 그녀는 제정신이 아닌 것 같았지만, 용준은 그녀의 말을 부인할 수 없었다.

우리는 감옥에 갇혔다. 왜 갇혔을까? 무슨 죄를 지었기에?

여자로부터 들은 사람들의 사연을 다시 떠올려보았다. 죄라고 할 만한 사연은 없다. 용준은 의심이 들었다.

그것뿐일까? 다른 사연이 있진 않을까? 여기에 올 수밖에 없었던 다른 사연들. 나 역시 모든 것을 다 말해주진 않았잖아.

그는 취재를 오게 되었던 과정은 말해주었지만 창고에 들어오기 직전, 민철과의 다툼에 대해서는 말하지 않았다. 여자친구를 속였다는, 스스로는 무겁게 생각하지 않았던 죄도 털어놓지 않았다.

같은 식으로, 이 사람들도 굳이 털어놓을 필요 없는 죄에 대해서는 감추고 있는 것이 아닐까?

갑자기 억울한 생각이 들었다.

그래. 인정하자. 나쁜 짓을 했어. 여자친구 몰래 다른 여자와 몇 번 만났어. 죄라고 치자. 하지만 그 죄 때문에 이런 감옥에 갇힐 정도로 무거운 벌을 받아야 하나?

중력과 시간, 오직 두 가지만 허용되는 감옥에...

아, 하나가 더 있지. 괴물.

깊은 호수 같은 녹색과 바다 같은 푸른색이 기묘하게 뒤섞인 하늘을 바라보면서, 그는 궁금해졌다.

새로운 죄수는 언제 올까?

괴물은 어떻게 생겼을까?

괴물이 또 올까?

나는 여기서 나갈 수 있을까?

3부

찾는 사람들

비가 내렸다. 바람이 워낙 세서, 날린 빗줄기들이 가파른 사선을 그리는 폭풍우였다.

민철은 빗줄기를 뚫고라도 서울에 올라가자고 했지만 선아는 무겁게 고개를 내저었다.

"내일 마을 사람들도 더 만나보고 혼수상태에 빠져있다는 주민들도 보러 갈 거야. 서울에 왔다 갔다 하면서 낭비할 시간이 없어. 나는 잘만한 숙소를 알아볼게."

"미쳤어요? 이런 외딴곳에서 혼자 잔다고요?"

"어쩔 수 없어."

민철은 결국 선아의 뜻을 따를 수밖에 없었다.

시골 마을에는 호텔은커녕 모텔도 없었다. 겨우 버스 대여섯 대를 한꺼번에 세울 정도로 작은 버스정류장 근처에 '장호 여관'이라는 낡은 여관이 유일한 숙박업소였다. 그나마 동네에서 막일을 하는 일꾼들이 장기투숙을 하는 바람에 방이 딱 하나밖에 없었다. 한쪽 눈에 의안을 박은 노파가 시체처럼 앉아있는 카운터에서 민철이 난감한 표정으로 물었다.

"괜찮겠어요?"

선아는 어깨를 으쓱했다.

"너만 괜찮다면."

민철이 고개를 끄덕였다. 그가 계산을 하려고 하자 선아가 말리고는 자기 지갑에서 돈 삼만 원을 꺼냈다.

"자꾸 미안하게 만들지 마."

삼만 원짜리 방에서는 죽은 것들의 냄새가 났다. 천장에는 쥐오줌 자국이 서너 덩어리 번져 있고 벽에는 담배꽁초를 비빈 자국이 별자리를 이루었다. 수십 년 전에 생산이 중단되었을 것 같은 옛날식 장판은 뱀가죽처럼 촉감이 끈적끈적해 양말을 벗을 수가 없었다.

선아는 침대에 우두커니 앉아 있었다. 그녀는 끝없이 자기 암시를 하는 중이었다.

나는 용준 씨를 구할 수 있어. 이런 불편함과 지저분함쯤은 견딜 수 있어. 나는 할 수 있어.

민철이 그녀 옆에 앉았다. 방이 워낙 좁아 다른 데 앉을 곳도 없었다.

"미안해요 누나."

"뭐가?"

"이런 데서 자게 해서."

"바보 같은 소리. 니가 자자고 한 것도 아니잖아. 미안한 걸로 치면 내가 미안해해야지."

절로 나오는 한숨을 겨우 막고, 선아는 핸드폰을 꺼냈다. 그리고 그녀가 용준에게 링크로 보내주었던 블로그를 찾았다. 스크롤을 내려 사진을 찾아보았다. 카메라가 그려져 있지 않았던, 잘 기억은 안 나지만 다른 정물이 있었던 원래 그림을 찍은 사진. 그런데...

"이런 미친!"

선아가 비명을 질렀다.

"왜요?"

"이 그림도 바뀌었어!"

선아가 핸드폰 액정에 뜬 사진을 보여주었다. 카메라와 빵, 계란, 단지. 네 개의 정물이 있는 그림이었다.

"아까 창고에서 봤던 그림이잖아요?"

"원래 이 블로그에 있던 사진에는 카메라가 없었다고!"

선아는 절박하게 말했지만 민철은 통 믿지 않는 표정이었다.

"진짜야! 창고의 그림뿐만 아니라 블로그의 사진도 바뀌었어! 이게 말이 되니?"

"전 뭐가 뭔지..."

선아는 두 손을 머리에 파묻고 잡아 뜯을 듯 괴로워했다.

"말도 안 돼. 이게 왜 바뀐 거야? 창고의 그림은 누가 새로 그렸다고 쳐. 아냐. 우리가 간 뒤로 아무도 드나든 흔적이 없었는데?"

선아는 머리를 세차게 흔들었다.

"집중하자 집중..."

"누나..."

민철이 그녀를 달래듯 어깨에 팔을 둘렀다. 선아가 신경질적으로 팔을 쳐버렸다.

"넌 내가 횡설수설하는 걸로 보이지?"

"저는 잘 모르니까..."

"안 되겠어."

선아는 블로그 주인에게 이메일을 썼다.

안녕하세요?

지금부터 제가 드리는 말씀을 부디 잘 들어주시길 부탁드립니다.

혹시 저를 이상한 사람으로 오해하실까 봐 미리 제 신상을 말씀드리겠습니다.

제 이름은 이선아. 저는 TBWB라는 광고대행사에서 카피라이터로 일하고 있습니다.

그녀는 그들이 창고를 찾게 된 경위를 상세히 설명했다. 그리고 창고를 다녀온 후 용준이 혼수상태에 빠졌다는 이야기도 했다. 마지막으로 물었다.

혹시 며칠 사이에 글 안에 있는 사진을 교체하셨나요?

제가 봤을 때는 분명히 사진의 정물화에 다른 물건이 있었는데

지금은 카메라로 바뀌었어요. 제 남자친구의 카메라로요.

정말 말도 안 되는 소리처럼 들리시겠지만...

확인 부탁드리겠습니다.

제발...

간절함을 있는 그대로 표현한 이메일을 보낸 뒤 참았던 한숨을 토했다.

"연락이 올까?"

"저라면 할 것 같은데요? 그런데 연락을 해온다고, 무슨 도움이

될까요?"

"항상 실마리는 생각지 못한 데서 풀리는 법이야."

민철은 막막한 시선으로 선아를 응시했다.

"뭘 그렇게 봐?"

"누나 같은 여자가 또 있을까요?"

"뭐?"

순간 선아는 가슴이 덜컥했다.

남자친구도 아닌 남자와 외딴 마을의 여관방에 있다. 오늘 여기서 하룻밤을 보내야 한다. 용준의 회사 후배라곤 하지만, 자주 어울렸던 사이라고 하지만...

그녀는 앉아있는 침대 매트리스를 내려다보았다. 둘이 자기엔 좁다. 너무 좁다. 몸이 닿지 않을 도리가 없다. 그렇다고 방바닥에 잘 수도 없다. 여분의 이불 따위는 없는 삼만 원짜리 방이니까.

너무 경솔했었나?

이렇게 된 이상, 선아는 분명히 선을 그어두는 편이 낫다고 생각했다.

"민철아."

"네, 누나."

"혹시나 해서 짚고 넘어갈게. 기분 나쁘게 듣지 마."

민철은 눈을 마주치고 고개를 끄덕였다.

"누나는 지금 요만큼의 여유도 없어. 용준 씨가 쓰러진 일만 해도 난 미쳐버릴 것 같아. 혹시라도 오늘 밤에 불편한 일이 생기면…"

선아는 고개를 내저었다.

"그런 일이 없길 바라."

민철이 이를 꽉 물자 턱 근육이 실룩거렸다.

"저한테 약속이라도 받고 싶으신 건가요?

"무슨 약속?"

"누나를 건드리지 않겠다는 약속?"

선아는 분명히 고개를 끄덕여 보였다.

"자신이 없다면, 나 혼자 잘게. 넌 그냥 서울로 올라가. 문 닫고 자면 별일 없을 거야."

민철의 표정이 스르륵 무너졌다.

"네. 약속할게요."

"그래. 그럼 자자."

선아는 옷도 벗지 않고 이불 안으로 들어갔다.

"청바지, 불편하지 않아요?"

"괜찮아. 술 취했을 때 가끔 입고 자."

"걱정 말고 편하게 벗고 자요."

"불이나 꺼."

민철은 옅은 한숨을 내뱉고 불을 껐다. 그리고 선아 옆에 누웠다.

어둠 속으로 허술한 창밖의 폭풍우 소리가 쏟아져 들어왔다.

그날 밤, 선아는 자다 깨다를 반복했다. 어둠을 가르는 번개의 빛에 어떤 그림자가 보이는 것 같기도 했다. 눈을 떠서 보고 싶은데 피로와 공포가 그녀의 눈꺼풀을 잡았다. 지르감은 눈으로 보았다. 침대 앞에 서서 그녀를 내려다보는 어떤... 사람... 혹은 괴물을.

괴이한 밤을 보내고 눈을 떴을 때는 아침 여덟 시가 넘어 있었다. 폭풍우는 거짓말처럼 사라지고 창문이 파란 하늘을 담고 있었다.

"일어났어요?"

민철이 캔커피를 내밀었다.

"뭐야?"

"일찍 일어나서 요 앞에 슈퍼에 다녀왔어요. 아침 먹을 데도 마땅치 않을 것 같아서."

그는 빵이 든 비닐봉지를 들어 보였다.

선아는 괜히 어젯밤에 까칠하게 군 일이 미안해졌다.

그래, 넌 착한 녀석이지.

세수만 하는 둥 마는 둥 하고 칙칙한 여관에서 나온 그들은 다시 마을로 향했다. 사람들에게 묻고 물어 피해자들의 가족을 만나볼 수 있었다. 지난번에 만난 슈퍼 아주머니부터 시작해서, 두 번째로 만난 사람은 뒷산에서 벌을 치는 50대 남자였다.

그는 아내가 쓰러졌고, 몇 달째 병원에서 식물인간으로 누워있다고 했다. 선아는 사정을 설명하고 신뢰를 잃지 않게 최대한 차분하고 논리정연하게 말했다.

"아무래도 이 일이 초자연적인 힘과 관련이 있다는 결론을 내릴 수밖에 없어요. 혹시 부인이 특별한 종교에 심취하셨다거나 아니면 이상한 말과 행동을 하신 적이 있는지요?"

"우리 집사람은 서울에서 살 때도, 여기로 귀농을 와서도 그냥 평범한 사람이었어요."

그다음에 만난 사람은 핫산이라는 이름의 외국인 노동자가 일하던 농장 주인이었다. 그는 조금 다른 이야기를 들려주었다.

"초자연이니 뭐니 이런 건 모르겠고. 사실 핫산이 쓰러졌다고 했을 때 해코지를 당했다는 생각을 했지. 핫산을 엄청 싫어하던 놈이 있었거든."

"누군데요?"

"같이 일하던 일꾼 중에 하난데, 영철이라고. 성질이 영 포악해. 핫산은 너무너무 착한 앤데, 영철이 그놈이 괜히 핫산을 괴롭히고 그랬지. 왜 있잖아. 별 이유도 없이 누굴 찍어서 괴롭히면서 좋아하는."

　"핫산이 잘못한 건 없고요?"

　"내가 알기론 없어. 나도 영철이 그놈이 영 찜찜하고 싫은데 이런 촌구석에서 사람 구하기가 너무 힘드니까 그냥 쓴 거거든."

　그래봤자 용의자조차 되지 못한다. 핫산이 누구한테 맞거나 독약을 마신 것도 아니니까. 미움은 행동으로 옮기기 전엔 아무것도 아니니까.

　별 소득 없이 돌아서려는데 농장 주인이 선아를 잡았다.

　"짜이 말이야."

　"네, 짜이요."

　"어디까지 알고 있는지 모르겠지만... 좀 알아봤어?"

　선아는 동네 사람들과 경찰로부터 들어서 아는 이야기를 들려주었다. 농장 주인은 역시나 하는 표정으로 고개를 끄덕였다.

　"그게 전부가 아니야."

　"그럼요?"

　그는 주위를 살피고 충격적인 이야기를 들려주었다.

　"짜이한테 살해당했다는 그 양반이..."

"시아주버니 말이죠?"

"그래. 그 양반이 혼자 욕심을 채운 것만 아니라, 이장도 몇 번이나 짜이를 건드렸다고."

"네?"

그제야 선아의 머릿속에서 퍼즐이 맞춰졌다. 짜이 이야기를 할 때 이장이 보인 적대감의 이유를 알 것도 같았다.

쓰러진 연인 생각만으로도 꽉 차 있는 줄 알았던 가슴에 커다란 슬픔이 스며들었다. 먼 타국으로 팔려오다시피 한 뒤, 동네 노인들에게 속수무책으로 괴롭힘을 당했던 짜이의 고통이 전이되는 것 같았다.

그것일까? 이 모든 일들을 일으킨 힘은... 증오였을까?

시원한 답은 얻지 못한 채 선아는 마을을 떠나야 했다.

서울에 도착했다. 민철은 집 앞까지 바래다주겠다고 했지만 선아는 괜찮다며 고집을 부려 지하철역에서 내렸다.

"너무 무리하지 말고 좀 쉬세요. 누나."

"걱정해줘서 고마워."

민철은 뭔가 더 말할 것이 있는 사람처럼 입술을 달싹이다가 끝내 고개를 돌렸다. 누가 먼저랄 것 없이 차는 떠나고 선아는 걸음을 옮겼다.

블로그 주인으로부터 연락이 온 것은 그로부터 며칠이 지난 뒤였다. 짜이의 부모가 태국의 무당이었다는 데 착안해서, 도서관에서 태국의 소수민족, 태국의 샤머니즘, 몽족의 풍습 등등에 관한 책을 잔뜩 빌려 읽던 중이었다.

　선아는 건물 밖으로 뛰어나와 전화를 받았다.

　"블로그 주인장님 되신다고요?"

　"네. 죄송합니다. 메일을 너무 늦게 봐서요."

　남자의 목소리는 몹시 침착했다.

　"아니요! 연락해주신 것만 해도 감사합니다."

　"선아 씨가 보낸 메일을 보고 사진을 확인해봤습니다."

　남자의 목소리는 떨리고 있었다.

　"제가 블로그에 올렸을 때는 그림에 카메라가 분명히 없었습니다. 제가 워낙 사진을 좋아해서, 아마 그림에 카메라가 있었다면 분명히 기억을 했을 겁니다. 엔간한 카메라는 대충만 봐도 기종을 다 알 정도니까요."

　그 말을 듣자 선아는 망망대해를 표류하다가 배라도 만난 것처럼 주먹을 불끈 쥐었다.

　"카메라는 분명히 나중에 생긴 겁니다. 말하자면... 사진이 저절로 변한 거지요. 이게 대체 어떻게 된 일인지 이해는 안 가지만요."

　"그렇죠? 맞죠?"

"혹시나 해서 그때 사진 원본을 확인해봤습니다. 제가 사진을 워낙 많이 찍어서 외장 하드에 날짜별로 담아두거든요. 그런데 사진 원본에서도 그림이 바뀌어 있더군요. 카메라가 그려져 있더라고요."

"아... 맙소사..."

"저도 너무 충격을 받아서 어제 잠을 잘 못 잤습니다. 이런 일은 들은 적도 없는데..."

"혹시 원래 그림에 뭐가 있었는지 기억하시나요?"

"아마 우유였을 겁니다."

"맞다! 우유! 맞아요!"

선아도 이제 기억이 났다. 원래 그림에는 우유가 있었다.

"확인해주셔서 감사합니다!"

"별말씀을요. 남자친구분이 빨리 일어나시길 기도해드릴게요."

"고맙습니다."

"혹시 나중에 사건이 다 해결되면... 다시 한 번 연락해주시겠습니까? 저도 이런 일에 워낙 관심이 많아서요."

"네, 그러겠습니다."

전화를 끊은 선아는 오랜만에 힘이 솟는 기분이었다. 아주 중요한 사실 한 가지를 확인했으니까.

나는 미치지 않았다.

그녀는 다시 도서관으로 돌아가 태국의 소수민족 몽족의 토속 종교에 대해 공부했다. 몽족은 물건에도 영혼이 있다는 샤머니즘을 신봉했다. 특히 그들은 사람의 영혼을 그림에 가둘 수 있다고 믿었다. 영적인 에너지가 충만한 경우, 그러니까 아주 뛰어난 무당들은 실제로 그림을 통해 사람의 영혼을 빼앗고 불러내는 행위를 했다는 기록도 있었다.

밤하늘을 칼로 벤 것 같은 초승달이 서쪽 하늘에 떠오를 때쯤, 선아는 어렴풋한 가능성과 마주했다.

연인을 되찾을 수 있는, 그러나 매우 위험하고도 무서운… 의식이 있었다.

그녀는 화들짝 놀라 책장을 덮었다.

이건 아니잖아. 이건… 나쁜 짓이잖아?

그곳에는 낮과 밤이 없었다. 해도 없고 달도 없고 어둠도 없었다. 그러자 시간에 대한 감각이 완전히 마비되어 버렸다.

용준이 처음 왔을 때는, 적어도 슈퍼 아저씨는 온 지 1년이 되었다는 사실은 알 수 있었다. 슈퍼 아저씨가 1년 전에 의식을 잃었다는 걸 알고 왔으니까. 그러나 정작 자신이 온 뒤로 얼마나 더 시간이 흘렀는지는 도저히 알 수 없었다.

배라도 고팠으면, 졸리기라도 했으면 대충이라도 시간을 짐작할 텐데. 먼저 와 있던 사람들의 말처럼 시간이 지나면 차올라야 할 기본적인 욕구마저 생기지 않는 공간이었다. 오직 끝없는 시간과 중력뿐인 감옥이었다. 아무것도 할 수 없는 채로, 맨정신으로 기약 없는 형기를 채워나가는 일은 사형보다 더 끔찍한 벌이었다.

어느 날에는 혹은 어느 밤에는 무턱대고 걸어보기도 했다. 몇 시간을, 혹은 며칠을 말이다.

"내 이름은 이용준. 스물아홉 살. 여행잡지 기자. 운동을 좋아하고 이상한 현상들에 관심이 많다. 부모님은 두 분 다 계시고 형제는 없다. 사랑하는 여자가 있다. 그녀의 이름은 이선아."

기억을 잃지 않으려고 혼잣말을 하기도 했으나 사실 필요 없는 짓이었다. 놀랍게도 기억만큼은 조금도 흐려지지 않고 또렷하게 버티고 있었으니. 그래서 더 괴로웠다.

아무리 멀리까지 가 봐도 다른 생명체는 전혀 보이지 않았다. 나무는커녕 풀 한 포기도 없는 불임의 땅이었다. 하늘에도 구름은 없었다. 그러니 비도 내리지 않았으나, 다행인지 불행인지 목도 마르지 않았다.

정처 없이 걷다가 돌아오면 여자가 조소하듯 말했다.

"그러다가 괴물이라도 만나면 어쩌려고 그래요?"

"차라리 괴물이라도 만났으면 좋겠어요."

"괴물을 못 봤으니 그런 소리를 하지."

"있긴 한가요?"

"나는 봤지. 다시 나타날지는 모르겠지만."

얼마나 시간이 흘렀는지 몰랐다. 더 이상 무기력하게 있다간 그냥 이대로 끝날 것만 같았다. 유일하게 남아있는 욕구라고 할 수 있는 호기심마저 사라질 것 같았다. 용준은 마지막으로 용기를 내어 사람들을 불러 모았다.

"묻고 싶은 게 있습니다."

여자는 여전히 비웃는 표정이었고, 슈퍼 아저씨는 영혼을 잃은 사람의 얼굴로 멍하니 있었다. 핫산은 처음 봤을 때처럼 겁에 질려 있었다.

"아무리 생각해봐도... 이곳은 형벌의 땅이에요. 우리가 여기 온 데에는 분명히 이유가 있을 거예요. 우리 허심탄회하게 털어놓아요."

"뭘 털어놔?"

"우리의 죄를요."

그 순간 여자의 입에서 날카로운 웃음소리가 터져 나왔다.

"고해성사라도 하자? 그러면 하느님이 우릴 용서하고 여기서 내보내 줄지도 모른다?"

"어쩌면요."

"그럼 총각부터 털어놔 봐. 사람이라도 죽였나?"

"사람을 죽이진 않았지만... 그렇게 큰 죄는 아니어도 나쁜 짓을 안 한 건 아닙니다. 어차피 시간은 많으니 한 번 다 얘기해볼게요."

용준은 기억이 나는 한 가장 먼 과거로 돌아가, 어린 시절 저질렀던 못된 장난부터 주절주절 늘어놓기 시작했다. 법정으로 가봤자 벌금형 정도가 고작일 악행이었다. 실제로 그는 교통범칙금 외에는 벌금형조차 받아본 적 없는 사람이었으니.

"가장 최근에는 여자친구 몰래 다른 여자를 만났습니다. 자지는 않았지만 데이트를 몇 번 했죠."

"여자친구한테 들켰어?"

"아니요. 후배 한 놈한테 그 사실을 털어놨는데..."

용준이 말이 멈췄다. 그는 문득 깨달았다.

"아... 내가 왜 그 생각을 못했지?"

"왜?"

"후배 녀석이 제 여자친구를 좋아했던 것 같아요. 그것도 아주 많이."

용준은 눈을 감았다. 출장길에서 나눴던 민철과의 대화를 떠올렸다. 왜 연애를 안 하냐고 궁금해하는 그에게 민철이 말했다.

- 사실 좋아하는 사람 따로 있어요. 아는 누나예요.

- 어떻게 알게 되었는데?

- 소개를 받았는데, 알고 보니까 결혼할 남자가 있더라고요.

- 뭐? 미친년이네. 결혼할 사람이 있으면서 소개팅을 나왔다고?

- 그 여자 잘못은 아니에요. 저 혼자 좋아하는 건데요 뭐.

- 야 인마. 소개팅에 나온 것 자체가 이상한 거지.

민철이는 여자를 두둔하듯 고개를 흔들었지. 그리고 이 말을 반복했지.

- 그 여자 잘못이 아니에요.

그 여자가 선아였어. 소개팅 운운한 건 그저 둘러대는 말이었어.

용준은 눈을 뜨고 중얼거렸다.

"후배 녀석이 저를 무척 미워했을 것 같아요. 누군가가 저를 죽이고 싶을 정도로 미워할 일은 없다고 생각했는데... 있었네요."

"그 정도 갖고 뭘 그래."

여자는 비웃듯이 말했다.

"나는 남편과 사이가 최악이었어. 원래 나는 귀농을 반대했는데 남편의 고집 때문에 촌구석에 내려갔지. 난 시골 생활을 못 견뎠고 매일 같이 서울로 올라가자고 싸웠어."

"창고에는 왜 갔던 겁니까?"

"왜긴 왜겠어. 나도 남자가 있었어. 무료하던 차에 우연히 알게 된 근처 소도시의 영업사원이었어. 총각은 여자친구가 눈치 못 챘다고 하지만, 나는 남편이 아마 눈치를 챘을 거야. 뭐, 나는 상관

없었어. 사실 그 남자를 별로 좋아한 것도 아니었어. 어쩌면 이혼하려고 이용한 거지. 남편이 차라리 이혼하고 쫓아내 주길 바랐거든. 그 정도로 시골 생활은 지긋지긋했으니까. 그런데... 결국 이런 곳으로 와버렸네."

용준은 왠지 어떤 장면이 상상되었다. 창고 안에서 아줌마와 영업사원이 정사를 나누는데 밖에서 문틈으로 그 장면을 엿보고 있는 남편의 모습이.

아내가 죽도록 미웠겠지.

똑같이 창고에 들어가서 그림을 보고 만진 선아가 무사한 이유도 알 것 같았다. 그녀를 죽이고 싶을 만큼 미워하던 사람이 없었기 때문이 아닐까?

"솔직하게 말해줘서 고마워요."

"이런다고 뭐가 달라지냐고. 참나."

여자의 시큰둥한 반응에도 아랑곳하지 않고, 용준은 슈퍼 아저씨에게 물었다.

"아저씨는 뭐 할 말 없어요? 생각나는 거? 누가 아저씨를 되게 미워할 만한 일이 있나요?"

그는 별 반응을 보이지 않았다. 그러나 용준은 확신했다. 그 역시 누군가의 미움에 의해 여기로 보내졌을 거라고.

"잘 생각해보세요. 아주 사소한 거라도 좋으니까."

그는 떠올리고 싶지 않았다. 술에 취하면 습관처럼 가족들에게 손찌검을 하던 일을. 어릴 때는 그저 맞고 밟히며 울고만 있던 아들 녀석이 어느덧 나이를 먹고 머리가 굵어져 노골적으로 드러내던 증오의 눈빛을... 그리고 그날. 아들은 엿보았을까? 가족들에겐 악마처럼 폭력을 행사하던 아버지가 길고양이들에게 다정하게 빵을 뜯어 주던 모습을?

아들은 나를 죽이고 싶었을까?

그는 떠올리고 싶지 않았다.

슈퍼 주인이 입을 열지 않자 용준은 핫산에게 다가갔다.

"한국말 할 줄 아세요?"

핫산은 고개를 끄덕였다.

"혹시..."

용준은 다음 질문을 하지 못했다. 멀리서 이상한 소리가 들렸다. 궁... 궁... 궁... 조금씩 커지는 소리는 징 같았다. 태국 몽족의 무당은 징을 친다는 사실을 떠올리는 동시에 여자가 외쳤다.

"괴물이다!"

여기서 영겁의 시간을 갇혀있을 바에야 차라리 죽는 게 낫다고 생각했던 용준은 몸이 얼어붙어 버렸다. 소름 돋은 두 팔로 자기 몸을 안았다.

어떻게 생겼을지조차 모르는 괴물이 무섭다. 혹시 나를 잡아

먹진 않을까, 더 무섭다.

다시 한 번 굉음이 들리더니, 저 멀리 흙먼지가 일었다.

"어... 온다!"

뿔뿔이 흩어져 앉거나 누워있던 사람들이 벌떡 일어나서 한데 모였다. 괴물이 어떻게 생겼는지는 몰라도, 이곳엔 괴물과 맞서 싸울만한 무기나 도구가 아예 없었다. 맨손으로 저항이 가능한 괴물일까? 용준은 여자에게 물었다.

"우리가 힘을 합치면 싸워 이길만한가요?"

그 말에 여자는 대답조차 하지 않았다. 용준은 잠시 후 그 이유를 알게 되었다.

쿵쿵쿵- 심장을 오그라들게 만드는 발소리와 함께 흙먼지가 천천히 다가왔다. 그들은 한데 모여 서로를 얼싸안았다. 그것은 저항의 몸짓이 아니라 기도의 몸짓이었다. 아이러니하게도, 마치 서로를 지켜주기라도 하듯 한데 모여 있으면서도 제발 괴물이 나만은 고르지 않기를 바라는 간절한 몸짓.

마침내 흙먼지가 서서히 가라앉자 괴물의 형상이 드러났다.

키와 몸집이 사람의 두 배나 되었다. 피부는 물소처럼 두꺼운 가죽에 푸르스름한 색이었다. 손과 발에는 맹수의 발톱이 솟아 있었고 상어처럼 굵고 날카로운 이가 벌어진 입안으로 엿보였다. 그리고 코끼리의 코와 귀가 달려 있었다. 서로 어울리지 않는 기괴한 조합이 가뜩이나 압도적인 괴물의 모습을 더욱 무섭게 보이게 했다.

"그르릉..."

야수의 숨소리를 내뿜으며 괴물이 그들을 살펴보았다. 용준은 그 눈을 보았다. 눈동자가 따로 없이 온통 새카만 눈. 시선이 마주쳤는지조차 알 수 없는 눈. 여자의 말이 맞았다. 보는 순간 저항할 의지를 상실하게 되는, 다신 잊을 수 없는 눈이었다.

"살려주세요! 살려주세요!!"

그들은 누가 먼저랄 것도 없이 애절하게 빌었다. 용준 역시 주문을 외우듯 중얼거렸다.

"살려주세요... 살려주세요..."

괴물의 코가 시계추처럼 천천히 흔들렸다. 마치 누구를 잡아먹을까 고민하는 것처럼 보였다. 침이 뚝뚝 떨어지는 입이 들썩거리는 모습도 공포를 가중시켰다. 한데 엉킨 사람들의 몸이 덜덜덜 떨렸다. 넷 중 하나. 죽을 가능성 25%. 너무 높다. 러시안룰렛보다 더 높다.

마침내 괴물의 코가 뚝 멈췄다. 그리고 굵고 긴 팔을 번쩍 들더니 누군가의 머리를 움켜쥐고 대열에서 뽑아버렸다.

"으아아악!"

살아남은 사람들은 비명을 지르며 주변으로 흩어졌다.

괴물이 선택한 제물은 여자였다. 놈은 남은 사람들이 지켜보는 가운데 여자의 목을 물어뜯었다. 자지러질 것 같은 여자의 비명소리가 오래가지 못한 이유도 목을 뜯어서였다. 어쩌면 괴물은 시끄러운 소리를 싫어하는 걸까?

괴물은 여자의 머리와 몸을 분리했다. 그리고는 한 팔에 몸과 머리를 나눠 들고 사라졌다. 쿵쿵쿵, 죽음의 발자국 소리와 함께 흙먼지를 일으키며.

슈퍼 남자가 울기 시작했다. 핫산도 두 손에 얼굴을 파묻고 있었다. 용준 역시 아주 오랫동안 공포의 늪에서 헤어 나오지 못했다. 평생 이토록 끔찍한 장면은, 이 반만큼이라도 끔찍한 장면은 본 적이 없었다. 최악의 고통, 최악의 죽음이다.

한 가지는 분명해졌다. 여기 온 순서대로 죽는 것은 아니다. 순서대로라면 슈퍼 남자가 죽었어야 하니까.

다음 순서가 될 수도 있다는 생각이 그를 숨 막히게 만들었다. 그는 신조차 접근하지 못할 것 같은 하늘을 보며 간절히 기도했다.

살고 싶습니다. 제발... 살려주세요.

소풍 가기 좋은 날씨였다. 맑은 하늘에 적당한 구름, 그리고 선선한 바람까지.

선아는 병실 창문을 열고 용준에게 상쾌한 공기를 쐬게 해주고 싶었다. 그녀는 아직 축 늘어져 있는 그의 손을 꼭 잡고 속삭였다.

"요즘 날씨가 너무 좋아. 얼른 일어나서 같이 산책하자."

운동을 좋아하는 용준은 산책은 물론이고 자전거, 등산도 즐겨 했다. 선아에게도 같이 하자고 몇 번을 권했지만 선아는 땀 흘리는 걸 싫어하는 타입이었다.

"오빠 일어나면 꼭 한강에서 자전거도 같이 타고 북한산에 등산도 가자."

진심이었다. 그녀는 용준의 손을 꼭 잡고 약속했다.

시간이 얼마 없었다. 병실을 지키는 용준의 어머니가 밥을 먹으러 간 사이, 선아는 용준에게 꼭 해야 할 말이 있었다.

"오빠. 내 목소리 들려? 제발 들렸으면 좋겠다. 지금부터 내가 하는 말 잘 들어야 해. 오빠가 날 도와줘야 하니까."

그녀는 용준의 귀에 입을 갖다 댔다.

"몽족의 샤머니즘에 대해 며칠 동안 공부를 해봤어. 확실하진 않지만, 짜이에게는 주술사의 피가 흐르는 것 같아. 몽족의 주술사는 그림에 주술을 걸고, 그 그림을 통해 사람들의 영혼을 가둘 수 있어. 그렇게 할 수 있는 힘은 미움이래. 누군가를 강하게 미워하는 힘이 주술에 걸린 그림과 결합하면, 미움의 대상이 되는 사람이 그림에 갇힌다는 거야."

선아의 목소리가 떨리기 시작했다.

"몽족의 의식은 두 가지야. 사람의 영혼을 가두는 의식도 있지만, 반대로 빼내는 의식도 있어. 그런데 그림에 갇힌 영혼을 그냥 빼낼 수는 없어. 대신 그림에 가둘 영혼을 바쳐야 해. 말하자면... 제물이 필요한 셈이지."

선아는 용준의 손을 잡은 손에 힘을 주었다. 자기 손이 아플 정도로 세게. 제발 용준이 들어주기를 바라면서.

"오빠. 내일 제물을 데리고 의식을 치르러 갈 거야. 주술에 걸린 그림만 있으면 주술사가 없이도 의식이 이루어진대. 의식은 간단해. 내가 제물이 될 사람을 미워하는 동안 그 사람의 몸이 그림에 닿으면 돼. 그 미움이 아주 강렬해야겠지. 나는 평소에 누군가를 별로 미워한 적이 없지만, 오빠를 사랑하는 마음으로 일부러 미워하는 마음을 키울 거야. 나는 그럴 수 있어. 대신 오빠도 그림 밖으로 나오겠다는 의지를 버리지 마. 알았지? 제발... 간절히 원해줘. 내가 제물을 미워하는 만큼..."

꼭 해야 할 말은 다 끝났다. 선아의 눈에서 눈물이 흐르고 있었다.

"나도 알아. 이건 나쁜 짓이야. 하지만 어쩔 수 없어. 어쩔 수 없어..."

4부

너, 의식, 성공적

평일 오후의 고속도로는 차량 통행이 거의 없이 시원스럽게 뚫려있었다. 민철의 차에는 지난번처럼 잔잔한 음악이 흘러나오고 있었다.

조수석에 탄 선아는 마음이 무거웠다. 그저 무겁다는 말로는 부족했다. 민철을 제물로 바치는 것도 미안한데 이렇게 차까지 얻어 타고 내려가고 있으니. 그의 눈을 쳐다보기가 힘들었다.

그러나 죄책감을 덜 수 있는 방법이 있을 것 같기도 했다. 그것은 하나의 질문이었다. 민철의 답에 따라서 의식이 쉬워질 수도, 어려워질 수도 있을 질문.

고속도로에서 빠져나가 국도로 접어든 뒤에야 선아는 질문을 꺼낼 수 있었다.

"민철아. 너 혹시... 용준 씨를 미워했니?"

침착하게 운전하던 민철의 손이 덜컥 흔들렸다. 그에 따라 차도 덜컹 흔들렸다.

그는 대답을 하지 않았다. 선아는 재촉하지 않았다. 사실 그렇게 의심할 이유는 없었다. 다만 그것 외에는 경우의 수가 없을 뿐이다. 용준이 영혼을 빼앗긴 그 순간을 의식이라고 생각한다면, 의식이 열리는 주변에 강력한 미움을 품은 사람이 있어야 했다. 선아는 용준을 미워하지 않았다. 그러니 민철이 용준을 미워했다는 결론에 이를 수밖에 없는 것이었다.

제목을 알 수 없는 기타연주가 끝나고, 그룹 핑크 플로이드의 몽환적인 노래 '하늘에서 열리는 거대한 공연(The Great Gig in the Sky)'이 시작되고 나서야 민철이 중얼거렸다.

"왜 그렇게 생각해요?"

선아는 의식에 대해 솔직히 말할 수 없었다. 제물에게 너는 곧 죽게 될 거라고 말할 수는 없으니까. 그래서 거짓말을 했다.

"그냥 요즘 들어 용준 씨를 보는 너의 눈빛이 좀 다른 것 같아서."

민철은 픽 웃었다. 무척이나 서늘한 눈빛이었다.

맞구나! 선아는 속으로 외쳤지만 표정 관리를 했다.

"혹시 용준 씨가 너한테 뭐 잘못한 거라도 있니?"

"형이 나한테 잘못한 게 뭐가 있겠어요. 늘 잘해주던 형이었는데."

"그런데?"

"저한테 잘못한 건 없지만 누나한테는 잘못했죠."

"나한테? 용준 씨가?"

앞만 보고 운전하던 민철은 슬쩍 고개를 돌려 선아와 눈을 마주쳤다.

"결혼 얘기까지 오가던 누나를 두고 바람을 피운 거, 잘못한 거 아닌가요?"

선아는 아찔한 기분에 전율했다.

"뭐라고?"

"말 그대로예요. 형이 누나 몰래 다른 여자를 만났다고요."

입이 말라왔다. 조건반사처럼 선아는 고개를 흔들었다.

"아니야. 니가 잘못 알고 있는 거겠지."

서늘하던 민철의 표정이 더 싸늘해졌다.

"형이 직접 털어놨는데도요?"

"민철아…"

"그날, 다 같이 여기 왔던 날. 누나가 혼자 창고에 들어가 있을 때 형이 다른 여자랑 카톡을 주고받다가 저한테 걸렸다고요. 그리고 실토를 했고요."

"장난이었겠지..."

선아의 목소리가 휘청거렸다. 마음처럼.

"클럽에서 만난 여자래요. 몇 번 만났고, 아직 자지는 않았다고 했는데, 사실은 알 수 없죠. 계속 더 만나겠다고 분명히 말했어요."

"아니야!"

선아는 믿고 싶지 않았다. 지금까지 함께 해 온 시간, 그리고 며칠째 그를 구하기 위해 절박하게 달려왔던 일, 바로 지금도... 모든 것이 물거품이 되는 건가?

"저한테 협박까지 했어요. 누나한테 말하면 죽여버리겠다고."

"그래서 용준 씨를 미워했니?"

선아의 눈이 젖어 들었다.

"네. 형을 미워했어요."

민철은 어느 때보다 비장한 얼굴로 말했다.

"누나를 사랑한 만큼 형을 미워했어요."

"아... 안 돼..."

선아는 손에 얼굴을 파묻었다.

아빠는 권투경기를 무척 좋아하셨다. 어린 시절 아빠 옆에 나란히 앉아 권투경기를 보고 있노라면 종종 의외의 결과가 벌어질 때가 있었다. 경기 내내 우세한 기세를 유지하던 선수가 내내

밀리기만 하던 상대의 펀치 한 방에 나가떨어지곤 했다.

'저런 펀치를 카운터펀치라고 부른단다. 상대가 공격할 때, 공격을 피함과 동시에 맞펀치를 날리는 거지. 그러면 달려오던 상대의 속도까지 얹어져서 충격이 배로 커진단다. 카운터펀치를 맞으면 대부분 쓰러져서 일어나지 못해.'

선아는 지금 카운터펀치를 맞은 기분이었다. 연인을 구해내고 말겠다는 일념으로 여기까지 달려왔는데, 연인의 배신을 알아버렸다.

이제 어떡하지? 그냥 쓰러져 있을까? 더 싸울 의미가 없잖아.

정신이 없었다. 머리가 핑핑 돈다.

선아는 창문을 열었다. 쏴아— 쏟아져 들어오는 바람에 얼굴을 대고 땀과 피를 식혔다.

민철의 나지막한 음성이 들렸다.

"차 돌릴까요?"

당장의 기분 같아서는 그러고 싶었다. 그러나 그를 미워하고 질책하더라도 직접 만나서 하고 싶었다. 먼저 그의 입을 통해 직접 확인해보고 싶은 생각도 있었다.

"아니야... 일단 가보자."

"바람을 피운 남자를 위해 뭔지도 모를 의식을 치르러 가겠다고요?"

"민철아. 넌 몰라. 우리 관계는 그렇게 단순하지 않아. 니가 잘못 알았을 수도 있고, 그냥 일시적인 장난으로 그랬을 수도 있고..."

"알았어요."

민철은 선아의 말을 중간에 끊었다.

"대단한 사랑이네."

그는 중얼거리며 가속페달을 밟았다. 멀리 마을 입구를 알리는 표지판이 보였다.

괴물이 여자를 죽인 뒤, 남은 사람들은 서로 아무 말도 하지 않았다. 감당할 수 없는 참상을 목격한 후유증, 그리고 일단 나는 살아남았다는 안도감이 뒤섞였다. 눈물이 터지다가 멈추고 또 흘러내렸다.

가끔씩이나마 대화를 나누던 상대가 사라졌지만 상관없었다. 이제는 용준도 말을 하고 싶지 않았으니까.

용준은 사람들의 무기력한 태도를 이제야 이해할 수 있었다. 소용없다. 그들이 여기 왜 왔는지, 어떤 공통점을 지니는지, 괴물이 어떻게 생겼는지... 중요하지 않다. 결국 그들은 아무것도 할 수 없다. 죽음을 기다리는 것 외엔 할 수 있는 일이 없다.

괴물이 또 언제 올지 모르겠다. 혹은, 또 다른 죄수가 올지도 모르겠다.

그때까지 살아있을지도...

모르겠다.

용준은 흙바닥에 누워 몸을 웅크리고 눈을 감았다. 그러나 잠은 그에게 허락되지 않은 권리였다. 다시 눈물이 흘러내렸다.

마을로 들어가자마자 낯선 소리가 차창 사이로 들려왔다. 쿵쿵쿵 북소리와 쩔렁쩔렁 쇳소리, 그리고 뭐라고 말하는지 정확히 들리지 않는 괴이한 울부짖음. 굿판이 벌어지고 있었다.

"잠깐만. 차 좀 세워봐."

민철이 차를 세우자 선아는 문을 열고 달려나갔다. 민철도 느린 걸음으로 그녀를 따라갔다.

마을 사람들이 겹겹이 둘러싼 굿판에는 색색의 휘장이 펄럭였다. 주름진 얼굴의 무녀가 한 손에는 칼, 한 손에는 방울을 들고 펄쩍펄쩍 뛰고 있었다. 훠이훠이 악귀야 물러가라, 악에 받친 주문이 쏟아졌다.

구경하는 사람들 틈에 이장이 보였다. 그는 어딘가 겁에 질린 표정이었다. 핫산이 일하던 농장 주인도 보였다. 팔짱을 낀 그는 잔뜩 굳은 얼굴로 굿을 지켜보고 있었다. 선아는 구경꾼들을 비집고 농장 주인에게 다가갔다.

"안녕하세요 사장님?"

"어? 아이고, 여긴 또 왜 왔어."

농장 주인이 선아를 알아보았다.

"왜 굿을 하고 있나요?"

"벌 치던 집 안주인이 죽었거든."

선아의 가슴이 덜컥했다. 외지에서 온 회사원에 이어 두 번째 죽음이다. 목이 답답해지는 기분이었다. 그런데 이어진 농장 주인인의 말이 그녀의 숨통을 더 조였다.

"굿이 끝나고 창고도 철거해버린대."

"네?"

"진작 그랬어야 했는데."

"안 돼…"

"뭐가 안 돼?"

선아는 허겁지겁 자리를 떴다. 무심하게 서 있는 민철의 손을 잡아끌었다.

"빨리 가자. 시간이 없어."

"왜요?"

"굿이 끝나면 창고를 없앤대. 그럼 아예 출구가 막혀버리잖아!"

"출구라니…"

민철은 고개를 절레절레 흔들었다.

"누나도 그런 거 믿어요? 혼이니, 초자연이니..."

"민철아. 부탁할게. 제발..."

선아는 민철의 두 손을 잡고 애원했다. 민철은 짧은 한숨을 뱉고 걸음을 옮겼다.

"그래요. 해봐요. 하고 싶은 대로 다 해봐요."

민철의 차가 창고 앞에 도착했다. 마음이 급해진 선아는 바로 내려서 창고로 향했다. 다행히 창고는 지난번에 그들이 떠났을 때 그대로였다. 전에는 낯선 이들의 눈치만 살피던 고양이들이 유난히 울어대는 것만 빼면.

선아는 창고 안으로 걸음을 옮겼다. 민철도 자포자기한 사람처럼 터벅터벅 따라왔다.

"그림... 그림..."

선아는 그림이 있던 쪽으로 다급하게 걸음을 옮겼다. 그림도 그대로였다. 그 안에 있는 네 개의 정물도. 카메라, 계란, 빵, 그리고 단지. 다만, 짙은 갈색이었던 단지의 색깔이 옅어진 것처럼 보였지만 다급한 선아의 눈에는 제대로 보이지 않았다.

선아는 민철의 손을 잡았다. 그녀 스스로도 알고 있었다. 아까부터 자신의 행동이 이성적이지 않다는 걸.

나는 내 연인을 되찾기 위해 죄 없는 사람을 희생시키려 하고 있다. 나를 배신한 연인을 위해, 나를 짝사랑했던 아이를 제물로 바친다.

그녀는 깨달았다. 비이성적인 행동을 하기 시작하면, 행위 자체의 관성만이 중요할 뿐이다. 이러면 안 된다는 이성의 목소리에는 귀를 닫게 된다. 개인, 더 나아가 인류의 수많은 실수들이 그렇게 저질러졌다.

알지만... 돌아서기엔 너무 멀리 왔어. 일단 가보자.

그녀는 민철에게 말했다.

"부탁할게. 용준 씨를 미워하는 마음을 잠시라도 거둬줘."

"그래요."

민철은 순순히 승낙했다.

"고마워 민철아. 그리고..."

그녀는 미안하다는 말은 차마 하지 못했다.

"의식이란 거, 어떻게 하면 되는 건데요?"

"따로 없어. 용준 씨를 돌려달라고 간절히 원하기만 해주면 돼. 대신..."

선아는 맞잡은 손을 올려 그림 위에 얹었다.

"이 그림에 손을 대고."

민철이 손을 떼면 어쩌나 조마조마했다. 그는 고개를 끄덕이고 가만히 있었다.

"좋아. 시작하자."

선아는 눈을 감았다. 그리고 정체를 알 수 없는 세계를 만들어 낸 짜이에게 빌었다.

'우리 용준 씨를 돌려주세요. 그리고 제 옆에 있는 민철이를 제물로 데려가세요. 저는 민철이가 밉습니다. 너무나 미워요. 민철이가 질투를 해서 용준 씨가 그렇게 되어버렸으니까요. 저는 너무나도...'

그런데 자꾸 불편한 장면이 끼어들었다. 용준이 다른 여자와 나란히 걷고, 손을 잡고, 웃음을 나누고, 입을 맞추고, 서로의 몸을 만지고...

'안 돼. 정신 차리자.'

선아는 다시 기도를 하기 시작했다.

의미도 희망도 없는 시간만이 흘렀다. 모든 것이 정지된 그곳에서 흐르는 것은 오직 시간뿐이었다. 어렴풋이 보이는 지평선과 낮도 밤도 아닌 청록색의 하늘은 변함없이 그대로였다.

용준은 더 이상 걷지 않았다. 피곤함조차 느끼지 못했으므로 서 있거나 앉아있거나 누워있거나 상관이 없었다.

여자를 데려간 괴물은 아직 다시 나타나지 않았다. 이번에는 그의 차례일 수도 있다. 여자의 목이 부러지고 뜯겨져 나가는 광경을 봤을 때는 제발 그 꼴을 당하지 않기만을 기도했지만, 다시 생각이 바뀌었다. 차라리 죽는 것이 낫지 않을까? 순간의 고통과 끝없는 무(無). 둘 중 어느 것이 나을까?

어느 날, 혹은 어느 밤에 용준은 멍하니 서 있었다. 알 수 없는 방향으로 시선을 던지며.

문득 바람이 부는 것 같은 착각이 들었다. 그럴 리가 없는데? 의심하며 손을 들어보았다. 공기의 흐름이 분명히 느껴졌다. 멍하니 앉아있던 슈퍼 주인이 일어섰다. 통 말이 없던 그의 입술이 열렸다.

"또 누가 오나 보네."

어디선가 불어온 바람이 모래 같은 입자들을 실어 오고 있었다. 그것들은 모이고 뭉쳐서 천천히 사람의 형상을 이루기 시작했다.

민철은 자신을 뭐라고 소개해야 할지 난감했다. 갑작스럽게 혼수상태에 빠진 딸 앞에서 넋을 잃고 우는 부모에게 말이다.

- 저는 선아 누나 남자친구 용준 선배의 회사 후배 정민철이라고 합니다.

- 저는 두 분의 딸을 오랫동안 짝사랑해 온 사람입니다.

선아가 누워있는 병실을 찾아야겠다고 다짐한 이유가 분명히 있었기에 불편한 만남은 감수해야만 했다. 병실 입구에 서서 망설이던 민철은 심호흡을 하고 걸음을 옮겼다.

"안녕하세요?"

소리 내어 인사를 하자 선아의 부모님이 돌아보았다.

"저는 정민철이라고 합니다. 선아 누나하고는 친하게 지냈던 동생이고요. 소식을 듣고... 찾아왔습니다."

자세한 이야기를 털어놓을 수는 없었다. 누구에게도, 영원히 비밀로 지킬 것이다.

"그랬구나. 우리 선아는 보다시피 아직 차도가 전혀 없네."

점잖은 인상의 아버지가 한 걸음 옆으로 비켜주었다.

민철은 병상 앞에 섰다. 그녀가 누워있다. 오랫동안 연정의 대상이었던 그녀. 그러나 마지막 순간까지 그의 순정과 사랑을 짓밟은 사람. 그래서 죽도록 미워할 수밖에 없었던 그녀.

선아는 '의식'을 치르고 올라온 다음 날 아침에 잠에서 깨지 못하고 정신을 잃은 채로 발견되었다. 용준이 형과 같은 패턴이었다. 몸의 생체신호는 그대로인데 깨어나지 못했다.

"누나."

민철은 조용히 읊조리며 선아의 힘없는 손을 잡았다.

그는 속으로 물었다.

결국 용준이 형을 따라갔구나. 그렇게 사랑했구나. 나는 미신이나 혼령 따위는 여전히 믿지 않으니, 둘의 사랑이 정말 대단했다고 생각할 수밖에.

그는 잡은 손에 힘을 주었다.

이제 미워하지 않을게. 형도 누나도. 깨어나기만을 기도해줄게.

정물화가 벽에 걸려 있다. 검은색 바탕에 카메라, 계란 두 개, 먹다 남은 빵, 그리고 머리끈이 그려진 그림이다. 얼핏 보면 별로 어울려 보이지 않는 정물들인데다 아주 잘 그린 솜씨도 아니지만 묘하게 사람을 끄는 힘이 있었다. 그림이라고는 초등학교 교과서에서 본 것들이 전부인 김 씨가 집어올 만큼.

보름 전 버려진 농가 창고를 철거하던 현장에서 벽을 부수다가 그림을 처음 보았다. 오함마로 내리칠 뻔하다가 멈추고 그림을 떼어냈다. 왠지 콘크리트 더미와 함께 버리기는 아깝다는 생각이 들었다. 집에까지 가져오게 될 줄은 몰랐는데.

마흔 살을 훌쩍 넘은 김 씨는 일자리를 찾아 전국을 떠도는 건설노무자였다. 며칠씩, 길게는 몇 주씩 집을 비웠다가 돌아오곤 했다. 다시 일을 나가기 전까지는 매일 같이 술에 절어 지냈다. 원래도 폭력적인 성향의 김 씨는 술에 취하면 누군가를 실컷 때려야 직성이 풀리곤 했는데 같이 사는 여자와 그 여자가 데리고 온 중학생 아들이 그 희생양이 되었다.

올해 중학교 2학년이 된 진호의 소원은 새 아빠 김 씨가 아예 돌아오지 않는 것이었다. 술에 취한 김 씨가 엄마를 때릴 때면 칼로 김 씨를 찌르고 싶은 충동을 제어하기 힘들었다. 아직까지는 체격이 김 씨를 상대할 만큼 크지 않았지만 이제 곧 그날이 올 것 같았다. 그래서 진호는 틈만 나면 운동을 했다. 새 아빠를 제압하는 날이 더 빨리 오도록 하기 위해.

진호가 학교에서 돌아왔을 때, 김 씨는 식탁에서 혼자 술을 마시고 있었다. 김 씨를 본 진호는 눈을 피한 채 꾸벅 인사를 했다. 인사를 안 하면 또 맞는 구실이 생기니까. 김 씨는 못마땅한 눈으로 진호를 힐긋 보고는 소주잔을 비웠다.

방에 들어가려던 진호는 잠시 걸음을 멈추었다. 벽에 걸린 그림 때문이었다.

"그림 멋있지? 뭔가 있는 그림 같지 않냐?"

예술에 대해서는 손톱만큼의 조예도 없는 김 씨가 잘난 척하며 다가왔다. 술 냄새가 훅 끼쳤다. 진호는 김 씨와 말을 섞기 싫어 가만히 있었다. 그냥 방에 들어갈까 했는데 그림이 시선을 잡고 놓아주지 않았다.

"잘 그렸네요."

갑자기 김 씨가 진호의 뒤통수를 후려갈겼다.

"싸가지 없는 새끼."

밑도 끝도 없는 시비였다. 진호는 바로 방에 들어갈 걸 그랬나 후회했다. 어차피 그래봤자 방에 들어와서 행패를 부렸겠지만.

"너는 내가 싫지?"

"아니요."

"뭐가 아니여. 니 눈깔에 떡 하니 써 있는디."

김 씨가 진호의 뺨을 툭툭 쳤다. 강도를 보건데 아직 많이 취하지 않았다.

지금 이놈하고 싸우면 내가 이길 수 있을까? 정말 죽이고 싶은데. 하루라도 빨리 이 개새끼를 죽여 버리고 싶은데!

진호에게 시비를 걸던 김 씨는 다시 시선을 그림으로 돌렸다.

"이 그림은 딱 봉께 그 뭐시냐 프로의 솜씨 같은디."

중얼거리는 김 씨의 손가락이 천천히 그림으로 다가갔다.

"팔믄 돈이라도 몇 푼 될랑가 몰러?"

마침내 그의 검지 끝이 그림의 표면과 닿았다. 그 순간, 헉, 짧은 비명과 함께 나른하게 늘어져 있던 눈꼬리에 힘이 번쩍 들어갔다.

핏발 선 그의 눈에서 무언가가 빠져나가고 있었다.

그는 이미 볼 수 없었다. 그림의 표면이 바람을 맞이하는 커튼처럼 미세하게 흔들리는 모습을.

브라더 브라더

일상의 공간이 낯설게 느껴질 때가 있다. 지금 혁의 심정이 그랬다. 법원이란 공간은 검사인 그가 재판 있을 때마다 들락거리는 곳이지만, 이혼을 하기 위해 찾은 법원은 어색하고 불편한 장소였다.

이혼 절차는 예상보다 까다롭고 기다리는 시간도 길었다. 그는 대기실 의자에서 몸을 비틀며 중얼거렸다.

"에이 씨. 더럽게 복잡하네."

아내는 벌레를 보는 눈으로 흘겨보고는 다시 고개를 돌렸다. 충분히 이해 가능한 적개심이었다. 그 적개심을 해소하고픈 의지가 없다는 게 문제. 그래서 여기까지 오게 된 거겠지.

"담배 한 대 피고 올게."

혁은 중얼거리듯이 말하고 법원 건물에서 나왔다. 입구의 쓰레기통 앞에서 담뱃불을 붙이려다가 문득 법원 전체가 금연이라는 사실을 떠올렸다.

어휴. 병신. 매일 같이 왔다 갔다 하면서 법원이 금연이라는 사실을 왜 깜박했을까?

혁은 잠시 자신을 탓하고 나서, 그냥 담배에 불을 붙였다. 첫 모금을 길게 내뿜는 순간, 어떤 부부의 모습이 시야에 들어왔다.

그들은 분홍빛 보슬비처럼 흩뿌려지는 벚꽃잎 속으로 걸어오고 있었다. 남편은 청바지에 흰색 남방 차림, 여자는 차분한 블랙 원피스. 유난히 얌전해 보이는 둘의 인상이 비슷해서인지, 이혼하는 커플이 아니라 벚꽃 구경을 온 커플같이 사이가 좋아 보였다.

이혼을 하기에는 너무 어려 보인다. 둘 다 채 서른이나 됐을까? 특히 남자는 아이돌 그룹의 멤버라도 해도 믿을 만큼 곱상한 얼굴에 호리호리한 체격이었다. 얼굴도 희고 턱선도 부드러워 워낙 고운 이목구비를 더 여성스럽게 보이게 했다. 여자도 꽤 예쁜 얼굴이었으나, 남편의 미모에 가려졌다.

계단 앞에서 담배를 피우던 혁은 법원 건물 입구로 다가오던 부부와 눈이 마주쳤다. 아내는 금방 눈을 피했지만, 남편은 혁의 시선을 피하지 않고 다가왔다. 가까이서 보니 남자의 얼굴은 아내

보다도 더 어려 보였다. 서른은커녕, 스물대여섯 되었을까? 키도 훤칠하다.

이렇게 어린놈이 벌써 이혼을 한다고? 요즘 애들 참 빠르다 빨라.

남자는 이마 위로 찰랑거리는 앞머리 아래, 사슴같이 크고 착해 보이는 눈으로 혁을 보면서 스쳐 갔다. 옅은 남성용 향수 냄새가 담배 연기 사이로 전해졌다.

이혼하러 오면서 향수를 뿌리는 남자라니. 특이한 새끼네. 연예인인가?

그러고 보니 예쁘장한 얼굴이 어디서 본 것 같기도 하다. 가수인가? 배우인가?

"이제 들어와. 차례 다 됐어."

아내가 고개를 내밀고 혁을 불렀다.

혁은 마지막 한 모금을 길게 빨아들이고 내뱉었다. 아무렇게나 담뱃불을 튕겨 내고, 꽁초를 손에 쥔 채 건물 안으로 들어갔다. 큰 덩치와 양복 차림에 어울리는 구둣발 소리가 뚜벅뚜벅 울려 퍼졌다.

"잘 살아. 이런 소리 안 해도 당신은 멋대로 잘 살겠지만."

법원을 나와서 아내가 남긴 마지막 말이었다.

재산을 분할하면서, 5년 탄 벤츠 세단은 아내가 갖고 가는 거로

했다. 멀어져가는 차의 뒷모습을 보면서, 혁은 아내가 아니라 차를 향해 작별인사를 건넸다.

　그동안 고마웠어. 험하게 타서 미안했다.

　비록 도장을 찍긴 했지만, 법적으로 아직 완전히 이혼하지는 않았다. 3개월 뒤, 여전히 이혼 의사에 변함이 없음을 확인해야 법적으로 이혼이 성립한다.

　같이 못 살겠다는 사람들만 오는 곳인데, 왜 이렇게 헤어지기 어렵게 절차를 만들어놓은 거야?

　이혼도 인터넷으로 할 수 있다면 좋겠다는 생각이 들었다. 얼마나 많은 비용과 시간을 아낄 수 있을까? 쓸데없는 생각은 밀어두고, 지연이에게 전화를 걸었다.

　"어, 오빠."

　"나와."

　"지금? 어딘데?"

　"법원 앞. 오늘 도장 찍는다고 했잖아."

　"아침에 톡이 없길래."

　"법원에서 톡하기도 뭐하고 해서. 도장 찍고 나니까 홀가분하네."

　"그래서, 이혼하자마자 연애질하겠다고?"

　"낮술이나 하자. 오늘 어차피 휴가 냈어."

　"오빠. 사실 나 오늘은 오빠 못 보겠어. 아니, 너무 보고 싶지만 보면 안 될 거 같아."

"그게 무슨 개소리야. 보고 싶으면 보면 되지. 영어 하지 말고 한국말로 해."

"꼭 나 때문에 오빠 가정이 깨진 거 같아서, 오늘은 하하호호 술 마시고 싶은 기분이 아니라고. 몇 번이나 얘기했지만, 난 진짜로 오빠가 이혼하지 않길 바랐어."

"미친년."

"말 좀 곱게 해주면 안 돼?"

"욕먹을 소리만 하잖아 니가. 뭐가 너 때문에 가정이 깨져. 너랑 상관없어. 어차피 오래 못 갈 결혼이었다고 몇 번을 말해."

"그런 말도 서운해."

"아 진짜. 이러면 부담스럽고, 저러면 서운하고. 나 요즘 약쟁이들 잡으러 다니느라 엄청 피곤한 거 알아 몰라? 너까지 머리 아프게 할 거야?"

"내일 만나자 오빠. 내일은 내가 오빠 해달라는 거 다 해줄게. 진짜로."

"됐고, 알았어."

혁은 미련 없이 전화를 끊어버렸다. 굳이 술 같이 마실 사람을 찾으려고 마음먹으면 못 찾을 것도 없었다. 여자애들도 불러낼 만한 애들이 몇 있었고. 공짜로 한 상 차려주겠다는 술집 마담도 있고. 하지만 오늘 같은 날, 아무나와 술을 마시는 건 왠지 불경하게 느껴졌다.

요즘 혼술이 트렌드라는데, 트렌디하게 마셔볼까?

마포까지 가서 술을 마시게 된 이유는 술집 주인 때문이었다.

이혼하기 전에 혁이 살던 방배동 아파트 단지 앞에 단골 술집이 있었다. 'Coming up'. 혁이 그곳을 단골로 삼은 이유는 주야장천 록 음악을 틀어대는 주인의 성향 때문도 아니고, 제법 다양한 종류의 수제 맥주를 제공하기 때문도 아니었다. 여자친구 지연이가 그곳을 좋아해서였다.

그런데 막상 자주 들락거리다 보니 주인하고도 친해지고, 적당한 크기와 분위기가 가끔 재판이 끝나고 혼자 와서 술을 먹기도 좋았다. 혁과 동갑인 주인은 혁이 검사라는 사실을 알고는 존경하는 눈빛과 함께 종종 공짜안주를 선사하기도 했다. 검사님, 검사님, 하면서. 리액션이 상당히 과한 캐릭터였다.

그 주인이 몇 달 전 방배동의 가게를 접고 마포로 가게를 옮겼다고 했다. 한 번 가겠다고 해놓고선 마포까지 갈 일이 없어서 못가고 있었는데, 오늘 같은 날이 아주 적기였다. 혁은 편의점에서 산 도시락을 오피스텔에서 혼자 데워먹고, 저녁 여덟 시가 넘어서 마포로 향했다.

주인이 카톡으로 보내 준 지도를 찾아가니 대로변에 찾기 쉬운 주상복합 빌딩 지하에 술집이 있었다. 'Coming Up'이라는 간판은 바뀌지 않고 그대로였다. 문을 열자, 예전의 가게에서 늘 듣던 풍의 록 음악이 혁을 맞이했다. 음악에 대해서는 문외한인 혁은 자주 들어서 흥얼거리는 노래들도 제목과 가수 이름은 영 기억하지 못했다.

"어! 이게 누구셔?"

바에서 맥주를 들고 나오던 주인이 혁을 보고 반색했다. 과한 리액션도, 덥수룩한 수염도 그대로였다. 그는 손님에게 맥주를 갖다 주기도 전에 혁에게 와서 허그를 먼저 나누었다.

"검사님! 와주셨네요."

"미리 와봤어야 했는데, 미안. 요즘 일이 바빠서."

"어련하시겠어요? 하하. 앉아 계세요. 제가 새로 개발한 맥주 한 잔 시원하게 뽑아서 드릴 테니까."

혁은 구석 자리에 자리를 잡았다. 바는 별로 크지 않았다. 기껏해야 테이블이 열 개도 되지 않아 보였다. 크기가 예전보다 더 줄었나?

가게 안을 둘러보던 혁의 시선에 특별한 존재가 잡혔다.

어, 저 새끼는...

바로 오늘 낮에 법원에서 마주쳤던 이혼 부부, 꽃미남 남편이었다.

그 역시 혼자 술을 마시고 있었다. 아까는 무늬 없는 하얀 남방에 스키니 청바지를 입었는데, 지금은 편안한 트레이닝 바지에 후드 티 차림이다. 워낙 키가 크고 얼굴이 잘 생겨서인지, 말 그대로 대충 입어도 옷 태가 났다.

전에 만나 본 적도 없고, 아까도 인사를 나눈 적 없으니 여전히 남남이다. 하지만 혁은 어떤 친밀감을 느낄 수 있었다. 같은 날 이혼을 한 남자로서의 동질감이랄까.

사람은 등 뒤에서 누군가가 보고 있어도 시선을 느낀다. 혁이 계속 보고 있자니 젊은 남자도 고개를 돌려 혁과 마주쳤다.

1초, 2초, 3초... 남자는 법원에서 그랬듯, 혁의 시선을 피하지 않았다. 충분히 마주 본 후에 천천히 고개를 돌렸다. 하얗고 긴 손가락으로, 와인잔처럼 생긴 레페 (Leffe) 맥주 전용 잔을 들어 마시는 그의 모습이 무척이나 감각적으로 보였다.

"검사님! 이거 한 번 드셔보세요."

바 주인이 밝은 갈색을 띤 맥주를 담은 잔을 혁 앞에 내놓았다. 새로 개발한 맥주인 듯했다. 혁은 반 가까이 꿀꺽꿀꺽 맥주를 마시고 잔을 내려놓았다. 쌉싸름하면서도 단맛이 느껴지는, 독특한 풍미가 기분을 좋게 만들었다.

"맛있네?"

"그죠? 하하. 역시 맥주 맛 아시네."

나이가 동갑인데, 자연스럽게 혁은 말을 놓고 주인은 말을 높이게 되었다. 그게 불편해서 말을 편하게 하라고 해도, 주인은 검사님 검사님 하면서 계속 존칭을 썼다.

　"그런데 저 친구는 단골?"

　혁이 젊은 남자를 턱짓으로 가리켰다.

　"아, 준이요? 네. 한 달 전부터, 며칠에 한 번씩 비행 끝날 때마다 들러요."

　"비행? 파일럿?"

　"아뇨. 승무원이에요. 남자 승무원. 스튜어드라고 하나?"

　"아… 스튜어디스 사이에 있는 애들?"

　혁은 비행기를 탈 때 남자 승무원을 보면 발레리노나 남자 간호사가 떠올랐다. 여자들이 위주인 무대에, 도와주는 역할로 끼어있는 것 같은 남자들. 실제 하는 일은 그렇지 않을지 몰라도, 뭔가 수줍고 여성스러운 이미지.

　"남자 승무원이라. 잘 어울리네."

　혁이 중얼거리자 주인이 놀라며 되물었다.

　"준이를 아세요?"

　"아는 사이는 아니고. 우연히 마주쳤어."

　"아, 그러시구나. 그럼 인사하세요. 제가 인사시켜드릴까요?"

　"아냐. 그럴 것까진 없고."

그렇게 말했지만, 잠시 뒤 어쩔 수 없이 둘은 다시 마주치게 되었다. 세 번째 우연이었다. 화장실 변기 앞에서 나란히. 준이 먼저 볼일을 보고 있는데 혁이 바로 옆에 가서 섰다. 뒷모습을 보고는 준인 줄 몰랐는데, 나란히 서서 보니 또 그 얼굴이었다. 혁도 작은 키가 아닌데, 옆에 서서 보니 준은 상당히 장신이었다.

"안녕하세요?"

혁이 불쑥 인사하자 준이는 흠칫 놀랐다. 계집애처럼.

이 새끼, 생긴 것만 계집애 같은 게 아니라 하는 짓도 그러네.

혁의 주변에는 이런 타입의 친구나 선후배가 없었다. 끼리끼리 모인다고, 다들 거칠고 씩씩한 남자들뿐이었다. 어색하게 고개를 끄덕여 인사하는 준에게 혁은 단도직입적으로 물었다.

"아까 저 봤죠? 법원에서."

"네."

"기억하네."

"빤히 노려보길래, 제가 원래 아는 분인가 했어요."

"아, 노려본 게 아니라."

볼일을 다 본 혁은 지갑을 빼서 검찰 마크가 선명한 명함을 건넸다.

"눈에 힘주고 사람 보는 게 버릇이어서. 하하."

명함을 받은 준은 보일 듯 말 듯 고개를 끄덕였다.

"검사님이시구나."

"그쪽은 승무원이라면서요?"

"어떻게 아셨어요?"

"여기 주인이, 여기로 가게 옮기기 전에 나랑 잘 알았거든. 내가 단골이었지."

"아, 그러시구나."

"안 그래도 오늘같이 역사적인 날, 누구랑 술이나 한잔 하고 싶었는데 마침 잘 됐네요. 건배합시다."

준은 허락하지 않았지만, 술집으로 돌아온 혁은 맥주잔을 들고 준의 옆에 가서 앉았다. 건배는 혁이 일방적으로 잔을 부딪치면서 이루어졌다.

"솔로 만세!"

준은 조용히 맥주를 마셨다. 길고 가느다란 목에 튀어나온 목젖이 한 번, 두 번, 꿈틀거렸다. 혁 혼자서 계속 지껄였다.

"이런 인연도 흔치 않은데. 그쵸?"

"네…"

"말하자면, 이혼 동기네. 씨발. 하하."

"…"

"나이가 무척 어려 보이는데, 몇 살이에요?"

"스물아홉이요."

"아, 엄청 동안이구나. 나는 스물대여섯 됐나 했어요."

"고맙습니다."

"아니, 그런데 뭐가 급하다고 그 나이에 벌써 결혼했다가 이혼까지 했대?"

준은 대답하지 않고 쓸쓸하게 미소를 머금고 말았다.

"와이프는 연상 같던데?"

"네."

"몇 살 더 많은데?"

"지금 저 취조하세요?"

"왜, 기분 나빠요?"

"그런 건 아닌데. 꼬치꼬치 캐물으셔서."

"직업적 습관이라. 묵비권을 행사해도 괜찮아요."

"세 살 더 많아요."

"아하."

혁은 고개를 끄덕이면서 남은 맥주를 다 비웠다. 그리고 주인에게 같은 거로 한 잔을 더 달라는 손짓을 해 보였다.

준이도 곱상한 외모와 달리 술이 꽤 센 듯 혁과 비슷하게 맥주를 마셔댔다. 그렇게 몇 잔을 마신 뒤 혁은 나쁜 말버릇이 나왔다.

"저기 이준 씨. 내가 다섯 살 형인데, 말 놔도 되지?"

준은 흘겨보는 시선을 던졌다.

"왜, 싫어?"

"항상 그렇게 자기 멋대로세요?"

"뭐 좀 그런 경향이 없진 않지."

"세상 편하게 사셔서, 참 좋겠다."

"그래서, 말을 놓아도 된다는 거야 안 된다는 거야?"

"놓으세요."

"에이 짜식. 귀여운 놈."

혁은 준의 볼을 잡아당겼다. 준은 인상을 썼지만, 혁은 아랑곳하지 않았다.

"너 걸들한테 인기 많지?"

"왜요?"

"왜긴 왜야 인마. 잘 생겼고. 하는 짓도 은근히 끼 부리는 것 같고."

"절 언제부터 봤다고 그런 말을 하세요?"

"얌마, 난 딱 보면 알아. 괜히 대한민국 검사냐?"

"첫인상 너무 믿지 마세요."

"너 키가 얼마야."

"186이요."

"이야. 몸매도 얄삭하게 빠진 게 모델이네 씨발."

그 말에 준은 피식 웃으면서 남은 맥주를 또 비웠다. 정말 맥주 광고의 모델처럼, 길고 가느다란 손목으로 빈 맥주잔을 내려놓았다.

"기집애같이 생긴 놈이, 술은 잘 마시네. 오늘 맘껏 마셔. 형이 쏠게."

그 말에 준이 혁을 빤히 응시했다.

"왜? 감동받은 부분이냐? 술 쏜다니까 멋있어 보여서?"

"원래 아무한테나 그렇게 술 사고 그러세요?"

"야 인마. 대한민국 검사가 술 사겠냐? 얻어먹고만 다녀도 10년은 버티지. 오늘은 특별한 날이니까. 행운인 줄 알아 인마."

"영광이네요."

"마시자, 이혼 동기!"

혁은 쉬지 않고 건배를 유도했다. 준이는 얌전하지만 빼지 않는 태도로 계속 따라왔고, 둘은 제법 많은 술을 마셨다.

"승무원이면 주변에 스튜어디스 많겠네."

"많죠."

"비율이 어떻게 되냐?"

"정확히는 모르겠어요. 10대 1? 저희 팀은 남자가 저 혼자예요."

"어디야? 대한항공?"

"네."

"예쁜 애들 많지?"

"뭐..."

"형 좀 소개해줘라. 어리고 예쁜 애로. 형 스타일 알려줄까?

형은 항상 여자를 볼 때 속옷 입은 모습을 상상해. 팬티랑 브라만 딱 입은 모습. 그게 잘 어울리는 여자가 좋아."

"참나. 진짜 개저씨네. 처음 보는 사람한테 할 말이에요?"

"뭘 처음 봐 인마. 아까 낮에도 봤잖아."

혁의 넉살에 준이 처음으로 이를 보이며 웃었다. 가지런하고 하얀 이가 무척이나 섹시해 보였다. 혁은 잠시 멍해졌다가 맥주를 한껏 들이켜며 정신을 차렸다.

"저희 팀 선배들은 다 결혼했어요."

"후배들은?"

"저보다 어린 승무원이 두 명 있는데, 걔들도 남친 있구요."

"남친 같은 소리. 후배들하고 자리 한 번 만들어봐. 형이 시원하게 매력발산 해주면 남친 생각 안 날걸?"

"검사 맞아요?"

"왜?"

"말하는 게 무슨 양아치 같잖아요."

"이 새끼가 지금, 확 구속시켜버려? 철컹철컹 은팔찌 한 번 차 볼래?"

"치이"

"와이프는 뭐 하는 사람이야?"

"의사예요."

"그래? 무슨 과?"

"소아과요."

"소아과 의사면 씨발, 돈 잘 벌겠네. 뭐하러 이혼했어?"

"말하자면 길어요."

"길게 얘기해 봐. 긴 얘기 듣는 거 익숙해."

"제가 긴 얘기 하는 걸 싫어해서요."

"너 바람 폈지?"

"반대."

"아하."

"사실 잘못은 제가 했어요."

준의 얼굴에 쓸쓸한 그늘이 졌다.

"제가 그 사람을 외롭게 만들었어요. 제 잘못이에요."

"이 새끼 착한 척은. 뭐가 니 잘못이야 인마. 바람피운 년 잘못
이지. 대한민국 법이 그래 인마."

준이 또 눈을 흘겼다. 왜 그런지 알았다. 년이라는 표현 때문이
겠지. 여자친구 지연이도 혁의 거친 말투에 불만이 많았다. 하지
만 혁은 고칠 생각이 전혀 없었다.

갑자기 준의 표정이 너무 슬퍼져서, 혁은 미안했다.

"괜찮아 인마."

혁은 준에게 어깨동무를 해주고는, 머리를 슥슥 만져주었다.

"원래 결혼하면 다 그래. 상대를 외롭게 만드는 거, 그게 결혼이야."

"그건 잘못된 결혼 아닌가요?"

"응?"

"서로를 외롭지 않게 만들어주는 게 제대로 된 결혼 아닌가요?"

"새끼, 말 잘하네. 변호사 하지 왜 승무원을 했냐?"

"형 와이프 되시는 분은 뭐 하는 분이세요?"

"교수야."

"무슨 과요?"

"음대. 피아니스트."

"우와. 정말요?"

"뭐가 우와야. 할 줄 아는 거라고는 뚱땅거리는 거밖에 없는 사람인데."

"저 피아노 진짜 좋아하는데."

"너도 피아노 치냐?"

준의 한없이 긴 손가락을 보면서, 피아노가 무척 잘 어울리겠다는 생각이 들었다.

"아니요. 듣는 것만 좋아해요. 글렌 굴드, 에밀 길렐스, 루빈스타인... 아, 여자 연주자들도 좋아하는 사람 많아요. 마리아 주앙 피레스가 치는 쇼팽은 항상 제 페이버릿이죠. 그리고..."

늘 얌전하다 못해 무심하고 나른해 보이기까지 하던 준이었는데, 좋아하는 분야가 나오자 갑자기 아이처럼 신이 나서 말했다. 그 모습을 가만히 보고 있자니, 목소리는 들리지 않고 모습만 선명해졌다. 마치 음소거가 된 화면처럼. 혁은 까슬까슬하게 수염이 돋아난 턱을 만지며 침을 삼켰다.

이 새끼, 진짜 예쁘네.

목소리가 한 톤 높아진 준이 물었다.

"형은 왜 이혼했어요?"

"내가 바람을 하도 피워서."

"하도? 한두 번이 아니었나 봐요."

"셀 수도 없지."

"검사님이, 그러셔도 돼요?"

"간통죄 없어진 지가 언젠데 인마."

"바람둥이 스타일이에요?"

"모르겠다. 아직 진짜 사랑하는 사람을 못 만나서 그런가 보지."

"맞네."

"뭐가 맞아?"

"바람둥이들이 꼭 그런 식으로 말하잖아요."

"딴 건 모르겠는데, 아내를 정말로 사랑했던 적이 한 번도 없는 것 같아."

"그럼 왜 결혼하셨어요?"

"까놓고 말하자면, 조건이 좋아서."

"쓰레기네."

"뭐, 그렇게 말할 수도 있지. 어차피 검사 생활하려면 결혼은 해야 하는데, 맘에 드는 여자는 못 만나겠고..."

"소개팅?"

"아니. 작정하고 선을 봤어. 나한테 넘친다 싶은 여자가 적극적으로 들이대더라고. 그래서 잡았지."

"부자였나 봐요?"

혁은 고개를 끄덕였다.

처갓집의 재력은 그냥 부잣집 수준이 아니었다. 장인이 군수품 제조 사업을 크게 했는데, 대충 알려진 자산만 천 억대가 넘었다. 외동딸만 있는 사업가 장인에게는 검사 사위가 절실하게 필요했고, 지방에서 올라와 검사 박봉으로 혼자 살던 그에게는 아내 쪽의 재력이 마약처럼 탐났다.

"지금도 여자친구 있으세요?"

준은 조심스럽게 물었다. 혁은 대수롭지 않게 고개를 끄덕였다.

"사랑...하세요?"

"사랑은 개뿔. 그냥 뭐 가끔 만나서 자고."

"혈, 쓰레기. 진짜 쓰레기."

눈을 흘기는 준의 얼굴이 너무 귀여워서, 이번에는 혁이 양손으로 준의 뺨을 잡아당겼다. 술에 취한 두 사람은 바보처럼 깔깔 웃었다. 흔들흔들, 몸도 위험하게 흔들거렸다. 멀리서 그 모습을 보던 술집 주인이 고개를 갸웃했다.

"사랑하지도 않으면서, 왜 자꾸 여자를 만나요?"

"입맛이 없다고, 밥 안 먹고 굶어 죽냐?"

"아휴. 말하는 거 봐. 진짜 양아치 같아."

"쓰레기, 양아치... 아주 나를 개로 보는구나."

그러면서도 혁은 실실 웃었다.

"그만 마셔요. 너무 취했어요."

"좀 아쉬운데."

혁도 알고 있었다. 이 정도면 만취했다는 걸. 다만 오늘만큼은 완전히 필름이 끊겨버리고 싶었다. 오늘은 그래야 하는 날이라고 생각했다.

혁이 머뭇거리자, 준이 일어나더니 계산을 하려고 했다.

"야 인마!"

혁이 놀라서 카운터로 달려갔다.

"까불고 있어 쪼그만 게."

혁은 자기보다 한 뼘은 더 큰 준이를 밀치고 계산을 했다.

둘을 보는 주인의 표정이, 썩 밝지 않았다.

"두 분이 아주 친해지셨나 봐요?"

"준이 이 녀석, 귀엽네."

주인은 더 이상 말하지 않고, 고개를 끄덕였다.

"잘 마셨습니다."

준이는 술김에도 공손히 인사하고 술집을 나왔다.

둘은 식당과 술집들이 모여 있는 주상복합 건물의 지하 1층 복도를 나란히 걸었다.

"너 여기서 산다며?"

"어떻게 아세요?"

"조사하면 다 나와 새꺄."

"맥주 잘 마셨습니다. 오랜만에 많이 취했어요."

"나도 취했다. 담배나 한 대 피우자."

계단을 걸어서 1층 현관 밖으로 나왔다.

혁은 CU 편의점 앞의 파라솔 테이블에 앉아 담배를 피웠다. 그제야 실감이 났다.

나는 오늘, 이혼했다.

"참 이상하지."

"뭐가요?"

"시원섭섭해야 정상인 것 같은데, 섭섭하진 않고 시원하기만 하니."

혁은 침을 뱉듯 거칠게 담배 연기를 뿜어냈다. 물끄러미 혁을 보고 있던 준이도 담배를 입에 물고 불을 붙였다.

"뭐야. 너도 담배 피우냐?"

"왜요? 피우면 안 돼요?"

"안 그렇게 생겨갖고서는."

"첫인상 너무 믿지 말라니까요."

준은 첫 담배 연기를 깊이 빨아들이더니 입을 좁게 모으고 길게 뿜어냈다. 밤안개처럼 연기가 흩어졌다. 혁은 입술을 깨물면서 준이 담배 피우는 모습을 응시했다.

맥주를 마실 때는 맥주 광고를 찍는 것 같더니, 담배를 피울 때는 또 담배 광고 사진 같네. 씨발, 역시 사람은 잘생기고 봐야 해.

"사실 저 담배 안 피워요."

"지금 피우고 있잖아?"

"끊은 지 7년 만에 처음 피우는 거예요."

"야 인마. 그럼 피우지 마. 지금까지 끊은 거 아깝게..."

"다시 안 피울 거예요. 형 만날 때만 피우면 되죠 뭐."

별 얘기도 아닌데, 갑자기 고마운 생각이 들었다. 준이에게 뭔가 특별한 존재가 된 기분이랄까.

취해서 그렇게 보이는 건지, 준이의 눈 속에 별이 반짝이는 것 같다. 잘못 본 게 아니었다. 눈에 고인 눈물이 반짝이는 것이었다.

잠시 고여 있던 눈물이 하얀 뺨을 타고 주르륵 흘러내렸다.

혁은 눈물을 닦아주려다가, 말았다. 준이도 눈물을 내버려 둔 채 가만히 담배만 피워댔다.

"술 먹고 질질 짜는 거 질색인데."

준이는 그렇게 말하면서도 계속 눈물을 쏟아냈다.

"와이프 생각나서 우냐?"

"아니요."

"그럼 왜?"

"초면에 너무 많은 걸 알려고 하지 마세요."

"하긴, 우리 오늘 처음 만났지?"

혁은 다 피운 담배꽁초를 길바닥으로 튕겨버렸다.

딱 한 잔만 더 하고 싶은 생각이 간절했다.

준이도 담배를 다 피울 때쯤에는 눈물을 그치고, 손등으로 눈물 자국을 지웠다.

"그럼 올라가라. 집이 여기라며."

"택시 타는 거 바래다줄게요."

"아냐. 난 너 올라가는 거 보고, 편의점에서 맥주 한 캔만 더 마시려고."

그 말에 준이는 특유의 무심한 시선으로 혁을 들여다보았다.

"왜? 뭐 묻었냐? 잘생김?"

"진짜 잘 생겼어요. 남자답게."

"지랄."

남자 새끼가 잘도 이런 소릴 한다 싶으면서도 기분이 둥둥 떠올랐다.

"진짜 한 잔 더 마실 거예요?"

"왜, 사주게?"

"그럼... 한 잔 더 할래요?"

준은 잠시 입술을 깨물고 있다가, 머금었던 말을 뱉어냈다.

"우리 집에서?"

마포의 주상복합 건물 1010호. 준이의 집이었다. 말이 집이지, 아직 가구도 제대로 들어놓지 않은, 텅 빈 공간이었다. 원래 빌트인으로 있는 냉장고과 세탁기, 옷장 정도를 제외하면 오직 침대와 작은 식탁만 덜렁 놓여있었다. 그리고 고양이가 있었다. 무성한 잿빛 털을 몸에 휘감고 도도한 걸음을 옮기는 녀석.

"고양이를 키우네?"

"이름이 구슬이에요."

"구슬이. 얘는 품종이 뭐냐?"

"러시안 블루요."

"러시아 놈이야?"

"숙녀한테, 놈이라니. 사과하세요."

"미안하다 구슬아."

혁이 손을 내밀자 구슬이는 몸을 쭉 뻗더니 손가락 끝을 혀로 핥아 올렸다. 술김에 감각이 더 증폭되어 전해지는 기분이었다.

간지럽게, 씨발.

혁은 손을 거두고 방안을 둘러보았다.

"집이, 썰렁하네."

"그죠? 얼른 가구를 갖춰놔야 하는데."

"이사 온 지 얼마나 됐어?"

"한 달이요."

"그런데 아직도 이렇게 해놓고 살아?"

"오늘 도장 찍었으니까, 이제 하나씩 사야죠."

"이런 집에, 맥주가 있긴 하냐?"

혁은 식탁 의자에 털썩 앉았다.

"기다려 봐요."

준이는 술에 취해 있으면서도, 능숙한 손놀림으로 기네스 맥주 두 캔과 태국어가 적힌 과자 봉지를 뜯어 쟁반에 담더니 금방 식탁에 펼쳐놓았다. 그런 모습을 보니 왠지 프로페셔널해 보이고 준이가 승무원 유니폼을 입은 모습이 떠오르기도 했다.

"너, 유니폼 입고 찍은 사진 있냐?"

"왜요?"

"그냥, 궁금해서. 대한항공 유니폼이 어떻더라?"

"뭐, 유니폼이 다 똑같죠."

"사진 보여줘 봐."

"싫은데."

"이 새끼가, 검사 말을 안 들어? 구속시켜? 철컹철컹?"

혁이 농담으로 으름장을 놓자, 준이는 또 하얀 이를 빛내며 웃었다.

"알았어요. 나의 촌스러운 모습을 그렇게 보고 싶다면 뭐."

준이는 핸드폰을 뒤지더니 사진 한 장을 보여주었다. 양쪽에 스튜어디스 두 명을 끼고 다정한 모습으로 함께 찍은 포즈였다. 평소 같았으면 스튜어디스들의 외모에 대해 품평을 하고, 술자리라도 한 번 만들어보라는 둥 헛소리를 했겠지만... 혁의 눈에는 단정한 유니폼을 입은 준의 모습만 보였다.

아이돌이 교복을 입은 것 같달까? 유니폼 안에서조차 그는 탐스러워 보였다.

"촌스럽죠?"

"멋있네."

"진짜요?"

"어. 존나 멋있어. 걸들이 침 흘리겠다 야."

"치이. 건배해요."

오늘 처음으로, 준이가 먼저 제안한 건배였다.

방은 어두웠다. 식탁 위의 등만 켜고, 핸드폰으로 음악을 틀었다. 가구도 없이 썰렁한 방이 그럴듯한 분위기로 변하는 건 한순간이었다. 생각해보면 편할 이유가 하나도 없는데도, 혁은 연인의 집에서 술을 마시는 것처럼 마음이 편해졌다.

오늘 처음 우연히 만난 이 녀석의 집에서 말이지!

머리와 마음이 따로 노는 적이 별로 없는 혁에게는 낯선 기분이었다. 준이가 고맙기도 했다. 분명히 처음에는 무척이나 경계하는 태도였는데, 경계를 풀고 이렇게 집에까지 초대해줘서. 그래서인지 혁은 엉뚱한 소리가 나왔다.

"가구 사러, 언제 갈 거야?"

"이번 주말에 가볼까 해요."

"같이 가자."

준이는 고개를 비스듬하게 기울이고 눈을 깜박였다. 금방 대답이 안 나오자 혁이 이어 말했다.

"나도 아직 책상을 못 샀거든. 사러 가는 김에 같이 가도 되겠다 싶어서."

"그래요, 그럼."

준이는 묘한 힘이 있었다. 여리고 만만해 보이지만 사람을 긴장하게 만드는 구석이 있었다. 눈치를 보게 한달까?

좁은 테이블 위로 둘의 시선이 엉켜들었다. 술에 취해서 본 준의 얼굴은 소년의 슬픔이 묻어있는 얼굴이었다. 특히 베일 듯 뻗은 콧날은 만져보고 싶다는 생각을 절로 들게 만들었다.

굵고 힘 있는 남자 목소리가 부르는 노래가 무척이나 로맨틱하게 들렸다. 아까 바 'Coming up'에서 듣던 노래들과 분위기가 비슷했다.

"이 노래 제목이 뭐야?"

"호지어(Hozier)라는 가수가 부른 노래에요. 테이크 미 투 처치(Take Me to Church)."

"노래는 잘 모르지만, 분위기가 멋있네."

"검사님이 노래까지 잘 알면, 그것도 이상하죠."

어느새 비어버린 맥주 캔 너머로 준이의 손이 뻗어왔다. 하얀 뱀처럼 길고 위험한 손이 혁의 손을 잡았다. 술 때문일까? 평소 같았으면 욕을 하며 뿌리쳤을 남자의 손이 부드럽게 느껴졌다.

"저는 평소에 손이 콤플렉스였어요."

어느새 준이가 분위기를 주도하고, 혁은 끌려가는 기분이었다.

"왜?"

"다들 여자 손 같다고 놀렸거든요."

"그렇긴 하네."

어딘들 안 그럴까. 가까이에서 본 준이의 이목구비, 그리고 몸은 어떤 여자보다 더 아름답고 미끈해 보였다.

"그런 소릴 듣기 싫어서 배구를 했어요. 손이 굵어지고 망가지기를 기대하면서."

혁은 자신의 손바닥에 파고든 준의 손을 내려다보았다. 여전히 예쁘다.

"소용이 없었던 모양이네."

"이제는 괜찮아요. 전 있는 그대로의 제가 좋아졌으니까요."

무슨 말을 할지 몰랐다. 뭔가에 마비된 듯, 혁은 말문이 막혔다. 그저 어지러운 현기증이 스멀거렸다.

"형 손은 진짜 남자 손이네요. 이 손으로 나쁜 놈들도 많이 잡고, 그러겠죠?"

혁은 그저 고개를 끄덕일 뿐이었다.

비장하고 농밀하던 노래가 절정으로 치닫기 시작할 때, 준이는 혁의 손을 꽉 잡고 당겼다. 힘으로 겨루자면 단번에 밀쳐버릴 수 있었겠지만, 웬일인지 혁은 속절없이 끌려갔다.

슬픔과 비장함을 가득 담은 호지어의 목소리가 두 사람을 휘감았다.

나는 아픈 채로 태어났죠.

그러나 난 이게 좋아요.

더 잘 될 거라고 말해줘요.

아멘. 아멘. 아멘. 아멘.

준은 테이블 위로 몸을 숙였다. 술에 무척 취해있었지만, 혁은 똑똑히 보았다. 준이의 얼굴이 천천히 다가오는 모습을. 그리고 똑똑히 알고 있었다. 그의 얼굴이 왜 다가오는지를. 그러니, 말했어야 했다.

미친 새끼야, 왜 이러냐고. 씨발새끼, 저리 꺼지라고.

턱에 주먹이라도 날렸다면 더 좋았겠지. 깡패와 강간범, 마약사범들을 잘도 때리던 그였으니까.

그러나 혁의 입은 열리지 않았다. 주먹이 나가기는커녕, 주사를 맞는 아이처럼 자기 바지를 콱 움켜쥐고 있었다.

야옹. 테이블 밑에서 구슬이가 울었다. 그리고 호지어의 신비로운 노래는 절정으로 치달았다.

교회로 날 데려가요.

난 개처럼 숭배할 거예요. 당신의 거짓된 성지에서.

난 당신에게 나의 죄를 말할게요. 당신은 칼을 갈아요.

나에게 죽음이 아닌 죽음을 선사해줘요.

신이여 저는 제 목숨을 드릴게요.

　슬로우 모션처럼 느리게 다가온 준의 얼굴은 혁의 얼굴 바로 앞에서 잠시 멈췄다. 술 냄새가 감도는 호흡마저 느껴지는 거리였다. 서로의 코끝이 닿을 것만 같은...

　그를 밀어낼 마지막 기회였다. 혁은 눈을 똑바로 뜬 채, 그대로 있었다. 준의 입술이 그의 입술 위로 내려앉았다. 혁은 스르륵 눈을 감아버렸다.

　남자의 혀가 이토록 부드럽고 달콤한 것이었나?

　도저히 뭐라고 설명할 수 없는 감정이 그를 감전시켜버렸다. 온몸에 소름이 돋고, 뱀이 허물을 벗듯 몸의 세포들이 전혀 다른 종류의 세포들로 탈바꿈하는 기분이었다. 잘 기억도 나지 않는, 여자와의 첫 키스 따위는 흔적도 없이 지워 버리는, 강렬한 센세이션이었다.

　혁은 어렴풋이 감지했다.

　이제 다신, 예전의 인생으로 돌아갈 수 없겠구나.

　호지어의 노래가 끝나고, 텅 빈 교회의 공기와도 같은 엄숙한 정적이 찾아들었다. 정신이 번쩍 들었다. 두려움과 수치심이 번개처럼 그의 정수리에 꽂혔다.

　혁은 돌연 준이를 밀쳐버렸다.

"이 게이 새끼가 미쳤나!"

그의 급격한 태도 변화에도 불구하고, 준이는 별로 놀라지 않은 표정이었다.

혁은 의자를 박차고 일어났다. 한 대 갈길 듯 주먹을 들었지만, 준은 겁먹지 않고 물끄러미 그를 쳐다보았다. 후회하지 않는다는 표정으로, 처분을 바란다는 태도로.

"야 이 호모 새끼야. 같이 술 마시고 만취하니까, 내가 우습게 보이냐?"

혁의 주먹은 부들부들 떨렸지만, 앞으로 나가지 못했다. 대신, 경고하듯 말했다.

"내 앞에 나타나지 마라. 연락도 하지 말고. 내 눈에 띄면 죽여 버릴 테니까. 씨발."

그는 준의 집을 뛰쳐나갔다. 엘리베이터까지 고작 십여 미터의 복도를 걸어가는데, 전력 질주라도 하는 양 다리가 후들거리고 심장이 미친 듯이 뛰었다. 내려가는 버튼을 몇 번이나 누르고, 식식 거리며 숨을 헐떡였다.

말도 안 돼. 대체 내가 무슨 짓을 한 거지? 대체 이게 다 뭐야.

앨리스가 처음 이상한 나라에 떨어졌을 때의 당혹감이 이랬을까? 빨리 떠나고 싶었다. 다신 이곳을 찾지 않으리.

엘리베이터가 도착하고 문이 열렸다. 도망치듯 발을 옮기려는데,

등 뒤에서 나타난 부드러운 손이 그의 어깨를 잡았다. 준이었다면, 어퍼컷 한 방을 날렸을 거다. 그러나 그의 어깨를 두드린 사람은, 엘리베이터에서 막 내린 여자였다.

"저기..."

망설이는 표정으로 여자가 뭔가를 내밀었다. 지갑이었다. 정신없이 복도를 걸어오다가, 엘리베이터 앞에서 지갑을 떨어뜨린 모양이었다.

"아, 고맙습니다."

혁은 지갑을 받아들고 다시 엘리베이터에 탔다. 서서히 닫히는 문틈 사이로, 복도를 걸어가는 여자의 뒷모습이 보였다. 그제야 혁은 그녀의 얼굴이 낯익다는 사실을 떠올렸다.

혹시? 준이의 아내? 오늘 낮에 이혼한?

마침 여자가 걸어가는 방향도 준이의 집인 1010호 쪽이었다. 그녀가 준이의 집 앞에서 벨을 누른다면 확실할 텐데.

확인하고 싶은 마음에 엘리베이터 열림 버튼을 눌렀지만, 이미 문은 닫히고 엘리베이터는 야속하게도 하강을 시작했다.

제기랄.

찜찜한 호기심이 못처럼 튀어나와, 미련 한 자락이 걸려버렸다. 다시 올라가서 현관문에 귀를 대고 대화라도 엿들어볼까 싶은, 검사 특유의 집요함이 고개를 들었지만... 됐어. 어차피 다시 얼굴 볼 것도 아닌데. 재수 없는 게이 새끼.

"아이 씨발. 너무 취했어."

혁은 자신에게 들으라고 하는 말처럼, 취했다는 말을 몇 번이나 되풀이하면서 내려왔다.

대로변이라서 오피스텔 앞에서 택시를 잡는 일은 어렵지 않았다.

"서초동 아크로비스타 가주세요."

목적지를 말한 뒤, 혁은 택시 좌석에 머리를 기대고 눈을 감았다. 천천히 숨을 쉬며 마음을 진정하려고 했다.

대체 내가 무슨 짓을 한 거지? 아니, 당한 건가?

그는 남자와 입을 맞춰본 적이 한 번도 없었다. 그리고 싶다는 생각조차 해 본 적 없었다.

그는 여자를 좋아했다. 아니, 좋아하는 정도가 아니라 주변 사람들이 걱정할 만큼 탐닉했다. 준에게 말한 것처럼, 사랑에 빠지는 식이 아니라 그저 잠자리의 대상으로 여자를 만났다. 즐겼다는 표현이 더 적합할까? 능력 있고, 말발 좋고, 최고 학벌에 검사라는 직업, 거기에 잘생긴 외모까지 더해진 그의 스펙은 여자들에게 무척이나 강한 매력을 어필했다. 게다가 여자에게 매달리지 않는 시크한 태도가 오히려 나쁜 남자로서의 매력을 배가시켰다. 그래서 그의 주변에는 항상 여자들이 있었다.

단 한 번도 남자와 스킨십을 하거나 감정적인 교감을 한 적은 없었다. 겉으로 티는 내지 않았지만, 그는 지독한 마초에 심지어 게이 혐오자였다.

"씨발, 너무 취했어."

그는 또 술 탓을 하며 주먹을 불끈 쥐었다. 그렇다고 조금 전에 남자와 키스를 나눴다는 사실이 달라지는 건 아니었다.

"미친..."

자책에 자책을 거듭하며 집으로 향했다.

샤워를 하고, 잠들기 전에 스마트폰을 들었다. 그는 침대에 누우면 절대 스마트폰을 열어보지 않았다. 알람도 항상 같은 시간이 맞춰져 있는 데다가, 누워서 스마트폰을 하면 숙면에 방해가 된다는 기사를 읽은 뒤에는 더 그랬다. 그런데 오늘만큼은 침대에서 스마트폰을 열고 통화목록, 문자를 확인했다.

저녁 이후에는 스팸 문자와 수사관이 보낸 내일 일정 관련한 문자밖에 없었다. 그가 찾는 연락이 아니었다.

카카오톡 친구목록을 뒤졌다. 새로 등록된 친구가 없었다. 준이에게 명함을 줬지만, 준이의 번호는 받지 못했다. 연락을 했을 리도, 번호를 저장했을 리도 없다. 나오면서 분명히 경고하지 않았는가.

- 내 앞에 나타나지 마라. 연락도 하지 말고. 내 눈에 띄면 죽여

버릴 테니까. 씨발.

흉악한 조폭도 벌벌 떠는 검사님의 서슬 퍼런 목소리로.

그런데 왜 혹시 연락이 와 있나 찾고, 카톡 친구가 등록되어 있는지를 확인한 건지.

만약의 경우를 대비해서 한 행동이라고 생각하기로 했다. 만약, 연락이 왔거나 전화번호를 등록했다면 다시 호되게 야단을 치려고. 다시는, 다시는 접근하지 못하도록.

"미친 게이 새끼."

혁은 마지막으로 욕을 내뱉고 핸드폰을 내려놓았다.

눈을 감았지만... 잠이 오지 않았다.

이제 와서는 전혀 필요 없는 호기심이 그를 잡고 놔주지 않았다.

아까 엘리베이터 앞에서 마주친 여자는 준이 아내, 정확히 말하면 전 아내가 맞을까? 만약 맞는다면, 낮에 이혼한 아내가 왜 한밤중에 찾아왔을까? 준이와는 상관없는 여자일까? 그렇다면 왜 낯이 익지?

그렇게 시작된 생각은 우려했던 대로 어떤 감각으로 그의 의식을 이끌었다.

고등학교 때 배운 시의 한 구절이 떠올랐다.

'날카로운 첫 키스의 추억은 나의 운명의 지침을 돌려놓고.'

시인이 옳았다. 첫 키스의 얽힌 복잡한 감각은 부드럽기도, 황홀

하기도 했지만 날카로운 감각이 제일 먼저였다.

입술을 베일 듯한, 아찔하고 치명적인 예리함.

혁은 여자와의 첫 키스는 기억조차 희미했다. 특별한 감흥도 없었던 것 같았다. 그러나 준이와의 첫 키스는 여전히 그의 입술에 머물러 날카로운 칼날을 빛내는 것 같았다. 눕기만 하면 찾아들던 잠조차 놀라 도망갈 정도로.

그만 생각하자 씨발. 자고 나면, 술이 깨고 나면 다 잊히겠지.

한 시간을 넘게 뒤척이고서야 겨우 잠의 꼬리를 잡을 수 있었다.

*

얼마 못 잔 거 같은데 스르르 눈이 떠졌다.

몇 시쯤 됐을까?

준이는 반쯤 뜬 눈으로 핸드폰 시계를 확인했다. 새벽 4시 반.

아... 2시에 잠들었는데.

다시 자볼까 생각도 했지만, 잠이 오지 않을 거 같아 몸을 일으켜 앉았다. 요새는 통 잠을 깊게 못 잔다. 이혼을 결정하고 이 오피스텔로 이사를 오면서 하루아침에 이 낯선 곳이 집이 되었다.

잠을 깊게 잔다면, 그게 더 이상한 거지.

더구나 이혼을 준비하는 과정이 생각보다 복잡하고 몸과 마음을 지치게 해서 그런지, 편한 마음으로 침대에 누운 날이 없는 것 같다.

후우... 오늘 시애틀 비행이 있는 날. 장거리구나.

어제 대충 비행 준비는 하고 잤지만 출발하기 전에 다시 확인해야 한다.

어제...

어제 일이 갑자기 사진처럼 선명하게 떠올랐다.

진혁. 갑자기 다가온 낯선 인연.

준이는 피식 웃음이 나왔다.

내가 게이인 줄 모르고 하룻밤 술친구로 삼으려고 했겠지. 하루에 두 번이나 마주친 우연을 핑계 삼아.

처음 법원에서 마주쳤을 때는 막무가내식 태도가 눈길을 끌었다. 인상을 팍 쓰고 담배를 피우는 모습이라니. 금연 표시가 떡하니 붙어있는 법원 건물 입구에서!

터프한데?

바에서 다시 그를 본 순간, 첫인상과 또 다른 느낌이 준을 불편하게 했다. 터프한 걸로 부족해 제멋대로 사는 스타일인가, 싶었다. 하루만큼은 혼자 조용히 이혼을 축하하며 술을 마시려 했는데, 알은체를 하고 맥주잔까지 들고 와 앉다니. 제일 싫어하는 부류의 인간이라고 생각했다.

그런데 나란히 앉아 맥주를 마시면서, 이런저런 이야기를 나누며 건배를 하고, 어느 순간 그의 투박한 손이 볼을 꼬집었을 때, 준이는 그의 무례를 용서하고 있었다. 그는 말끝마다 씨발을 붙이면서 거칠게 내뱉었지만, 그조차도 싫지 않았다. 검사라는 직업과 어울리는 말투 같기도 하고. 준이에게 취조하듯이 이것저것 물어볼 때도 불쾌하지 않았다. 섹시하기도 했다.

얼굴도 남자답게 잘생겼다. 진한 눈썹과 쌍꺼풀 없이 옆으로 긴 강렬한 눈, 날렵하지만 각진 턱선이 탄탄한 근육질의 몸매와 잘 어울린다.

다만, 준이는 자신이 게이라는 걸, 당신을 이성의 눈으로 보고 있다는 걸 들키고 싶지 않아서 애써 무심히 툭툭 대답을 내던졌다.

불량 청소년들처럼 편의점 파라솔 테이블에서 담배를 나눠 피우고, 준이 집으로 올라왔다. 술기운이 올라선지, 자기 집까지 혁이 순순히 따라 올라왔다는 사실에 용기가 나선지, 준이는 자기도 모르게 혁에게 입을 맞췄다.

그 순간까지도 준이는 이미 알고 있었다. 혁이 여자를 좋아하는 전형적인 마초 스타일의 스트레이트라는 사실을.

알면서도 저질러버린 것이다. 세상에서 제일 조심스러운 게이라고 연인들로부터 놀림 받곤 하던 그답지 않게.

그런데 결과는 의외였다. 비록 혁은 버럭 소리를 지르고 화를 내며 뛰쳐나갔지만... 그들의 키스는 일방적인 감정의 결과가 아니었다. 준이가 그를 욕망하는 만큼, 그도 준이에게 덤벼들고 있었다. 적어도 둘의 혀가 엉켜들었던 그 짧은 순간만큼은 그랬다.

어쨌든 혁은 잠깐 타올랐던 욕망을 부정하며 떠나버렸다. 침을 뱉듯 경고하고는.

- 내 앞에 나타나지 마라. 연락도 하지 말고. 내 눈에 띄면 죽여버릴 테니까. 씨발.

오케이. 원한다면 멈춰줄게요. 색다른 경험 한 번 했으니, 고마웠어요.

...다시 연락이 올까?

"야옹~"

새벽의 정적 속에서 한참 어제 일을 떠올리고 있는데 구슬이가 정적을 깼다. 부들부들한 털의 촉감을 느끼며, 준이는 구슬이를 들어 올렸다.

"응~ 구슬아 잘 잤어? 아빠 이제 비행 준비해야 해."

머리를 들이밀며 아침 인사를 하는 구슬이를 품에 안고 일어섰다.

"안녕하십니까."

브리핑 룸에 들어서면서 보통 때보다 더 당차게 인사를 해보았다. 어제 이혼서류에 도장 찍고 오늘은 이렇게 아무 일 없었다는 듯 비행을 가는 상황이 아이러니하다고 생각하면서.

"준이 씨 안녕. 어제 잠 많이 못 잤나 봐? 얼굴이 수척해 보이네."

혜진 선배가 인사를 건넸다.

네. 선배. 제대로 못 잤어요. 어제 저 이혼했거든요.

머릿속의 대답들을 밀어 넣은 채 평소보다 명랑하게 인사를 건넸다.

"선배. 데이오프 잘 보내셨어요? 오늘 새 듀티 때문에 긴장해서 그런지 잠을 많이 못 잤습니다. 하하."

오늘 준이가 처음으로 맡은 듀티는 세일즈. 승객들에게 면세품을 파는 담당이었다. 듀티가 세일즈라고 해서 면세품만 팔고 있을 수는 없다. 갤리 안에서 승객들 식사 준비도 총괄해야 하고 아일(복도)을 담당하는 여승무원들을 서포트 해줘야 하는 일이라 부담이 컸다. 경력 2년차 남승무원. 항상 아일만 담당하며 승객들을 대하는 듀티만 했었는데.

준이는 각오를 다졌다.

세일즈 듀티도 곧 익숙해지겠지. 내년에 진급 발표도 있으니, 마음 단단히 먹고 해보자.

"오늘 준이 세일즈구나. 걱정 마. 내가 많이 도와줄게. 모르는 거 있으면 물어보고."

혜진 선배의 말투는 항상 쿨한 느낌을 준다. 준이는 만약 자신이

스트레이트라면 끌렸을지도 모르겠다고 생각했다.

여자들이 90퍼센트인 승무원이라는 직업을 갖게 된 후 준이에게 호감을 표시하고 다가오는 동료들이 많았다. 어리고 귀여운 후배들부터 심지어 유부녀인 선배들까지.

어차피 그에겐 흥밋거리조차 되지 못했지만, 그런 여자들 속에서 혜진 선배는 제일 멋진 여자였다. 시원시원한 성격에, 준이를 후배 승무원으로서 아끼고 조언해주는 유일한 선배.

"네. 선배. 감사합니다! 많이 가르쳐 주세요."

준이는 씩씩하게 대답하고 브리핑 룸에 자리를 잡았다.

"손님 여러분, 안녕하십니까. 이 비행기는 시애틀까지 가는 대한항공 019편입니다. 목적지인 시애틀까지 예정된 비행시간은 9시간 40분이며... 출발을 위해 좌석벨트를 매주시고..."

기내방송이 흘러나오고 전 승무원들이 이륙 준비를 했다.

아. 이제 시작이구나.

처음 해보는 세일즈 듀티 때문인지, 준이는 유달리 긴장된 마음으로 점프 시트에 앉았다.

보잉 747의 거대한 동체가 이륙을 위해 달리는 속도감이 묵직하게 몸을 눌렀다. 클라이맥스를 달리는 피아니스트의 타건처럼 점점 빨라지더니, 마침내 이륙!

선반에 붙어있는 금연표시가 눈에 들어왔다. 문득, 법원 입구의 금연 마크 아래에서 보란 듯이 담배를 피우던 혁의 얼굴이 떠올랐다.

제멋대로인 검사님은 지금 뭘 하고 있을까? 게이한테 입술을 빼앗겨서, 아직도 화가 나 계시려나?

피식 웃으며, 기장님의 사인에 맞춰 자리에서 일어섰다.

승객들에게 식사를 나눠주고 치우기까지의 시간은 마치 전쟁과도 같다. 비좁은 갤리에서 열 명이 넘는 승무원들이 정신없이 400인분의 식사를 준비하고 곧바로 승객들에게 식사를 나눠준다. 승객들은 하나같이 식사를 빨리 받아서 먹고 싶어 한다. 음료 취향도 다들 다르다. 콜라, 맥주, 와인... 비행기에서까지 다이어트 콜라를 찾는 승객도 있다.

준이는 교육받은 미소를 띠고 안내 멘트를 했다.

"오늘 식사는 비빔밥과 레드와인소스의 소고기, 허브크림소스의 닭고기가 있습니다."

주문을 받는 사이, 등 뒤쪽 좌석에서 여학생들이 키득거리면서 나누는 대화가 얼핏 들렸다.

"저 오빠 대박! 완전 잘생겼음. 몇 살일까?"

"오... 모델 같은데? 근데 저런 오빠가 널 쳐다보기나 하겠냐? 주제 파악 좀 해라"

"야. 나도 자세히 보면 괜찮거든? 아까 아이컨택도 하고 웃어준 것 같단 말이야."

자기들끼리 투덕거리며 나누는 대화가 귀여웠지만, 준은 피식 웃을 뿐이었다.

'미안. 꼬마 숙녀들. 너희가 아무리 예쁘고 귀여워도 난 너희한 텐 전혀 관심이 없단다.'

준이는 소녀들의 대화를 못 들은 척 식사 카트를 밀고 앞으로 나아갔다.

식사서비스가 끝난 후 드디어 메인 듀티인 면세품 판매 시작!

긴장을 해서 그런지 초반에 몇 번 실수를 했다. 실수할 때마다 팀에서 제일 엄격하고 무섭기로 소문난 현아 선배한테 잔소리를 들어야 했다.

"준이 씨, 세일즈 듀티 준비 제대로 안 해왔어? 승객에게 체크 카드를 받으면 어떡해? 기내에선 신용카드만 결제되는 거 몰라?"

"죄송합니다. 선배님."

다 알고 있는 내용이지만 현아 선배가 다그쳐서 그런지 자꾸만 실수를 하게 되고, 그럴 때마다 눈총과 지적이 날아들었다.

휴... 저 선배는 내가 그렇게 싫은가?

준이는 현아 선배가 자신에게만 유독 엄격하게 대하는 것 같단 생각도 들었다. 현아 선배의 폭풍 같은 잔소리를 뒤로하고, 면세품 판매 시간이 끝났다. 그리고 승무원들의 레스트 시간이 되었다. 오늘 주어진 레스트 시간은 2시간 10분. 생각보다 길게 나왔다. 2시간도 채 못 쉴 줄 알았는데.

비행기 끝쪽에 승객들은 존재조차 알지 못하고 들어갈 수도 없는, 승무원들만의 휴식공간인 벙커가 있다.

띠리릭-

준이는 비밀번호를 누르고 계단을 따라 올라가 제일 바깥쪽 침대에 자리를 잡고 누웠다. 공기도 건조하고 발을 온전히 뻗을 수 없을 만큼 좁은 침대지만, 4시간 동안 쉼 없이 일 한 후에 노곤한 몸을 눕히고 나면 천국의 해먹처럼 느껴지는 공간이었다.

가만히 누워있다 보니...

불현듯 아내 생각이 났다.

그날 밤, 혁이 뛰쳐나간 후 10분도 채 되지 않아 아내가 준이의 집으로 불쑥 찾아왔었다. 이혼을 결정한 후 집을 나와 오피스텔로 이사를 하면서, 서류를 준비하는 과정에서 어쩌다 보니 아내가 새집 주소를 알게 되었다.

알려주고 싶지 않았는데...

그런 식으로 연락도 없이 찾아올 줄은 몰랐다. 집에 들어온 아내는 다짜고짜 눈물부터 흘리며 호소했다.

'준아. 니 의견을 따라 합의는 해줬지만, 정말 후회하고 있어. 다시

돌아오면 안 돼?'

그녀는 무릎까지 꿇었다.

'내가 다 잘못했어. 내가 미친년이야. 잘할게. 앞으로 정말 더 잘할게...'

아내의 눈물에 마음이 미어졌지만, 준이는 아무 말도 해줄 수 없었다.

겉으로 보기엔 아내가 다른 남자와 바람을 피워서 이혼하는 것처럼 보이지만, 사실 이혼의 이유는 온전히 준이 때문이었다.

사실 게이가 여자와 결혼한 것부터가 잘못이었다. 남들처럼 평범하게 살아야 한다는 강박 때문이었다. 오빠 오빠 하며 쫓아다니던 어린애들한테는 관심도 없었다. 대신 엄마처럼 그를 아껴주던 연상의 아내를 택했다. 결혼에 대한, 가정에 대한 의무감으로 아이까지 낳아서 키우고 있었지만, 영혼의 목소리를 계속 무시하고 살 순 없었다. 당장 남자를 만나고 싶은 마음을 겨우겨우 참아내던 나날이 이어졌다.

그렇게 겉도는 마음을 아내도 눈치챘겠지.

애정을 받지 못한 아내는 다른 남자를 만나기 시작했고, 준이는 우연한 기회에 아내의 불륜을 알게 되었다. 질투심이나 배신감보다는 오히려 미안한 마음이 들었다. 이대로는 아내도, 그도 앞으로 불행한 인생을 살게 될 것 같아 아내에게 이혼을 요구했고,

그가 어떤 사람인지 전혀 모르는 아내는 이혼을 거부할 수 없었던 것이다.

몸은 피곤했지만, 이런저런 생각들이 머릿속을 맴돌아 결국 한숨도 못 자고 벙커에서 내려왔다.

아직 비행이 한참 남았는데... 망했다.

*

혁의 사무실에는 화분이 하나도 없었다. 검사가 된 후 그의 철칙들 중 하나였다. 식물이 사람을 온순하게 만든다고 생각해서였다. 검사도 수사관도 절대로 온순해져서는 안 된다는 게 그의 신념.

출근하면 누구보다 더 빠르게 업무를 진행시키는 편이었다. 그런 혁이 멍하니 컴퓨터 모니터만 보고 있었다. 그가 데이터로 검색한 단어는, '후천적 게이'. 질문과 대답이 주르륵 떠 있었다.

누군가 이렇게 물었다.

'원래 게이가 아닌 사람이 후천적으로 게이가 될 수도 있을까요?'

그에 달린 답들.

'불가능하다고 봅니다. 설령 나이가 들어 자신이 동성애자라는 사실을 확신한다고 해도 그전까지 그런 느낌을 받지 않았을 리가 없잖아요. 커밍아웃을 늦게 하는 건 가능해도 자기 자신은

분명히 어릴 때부터 알고 있었을 겁니다.'

혁은 고개를 끄덕였다.

역시. 난 지금까지 한 번도 남자를 좋아해 본 적이 없으니까. 어제 일은 그저 술에 취해 순간적으로 저지른 실수일 뿐이야.

또 다른 대답도 읽어보았다.

'나이가 들어 성 정체성을 제대로 확인하는 일은 충분히 가능합니다. 사실 동성애 성향은 세상 누구나 조금씩 갖고 있습니다. 다만 그 성향의 크기가 문제인 거죠.'

혁의 눈동자가 흔들렸다.

'게다가 성적 취향은 어릴 때 환경이나 가치관에 영향을 많이 받는데, 원래 동성애 취향이 강하게 태어난 사람도 철저하게 이성애자로 길러지면 오랫동안 이성애자로 살다가 뒤늦게 동성애자로 돌아서곤 합니다.'

그리고 이어진 대답.

'특히 동성애를 혐오하고, 남자아이들에게는 남자다움, 여자아이들에게는 여자다움을 유난히 강조하는 우리나라에서는 뒤늦게 자신의 성 정체성을 발견하는 경우가 많습니다.'

네티즌 전문가들이 온갖 아는 척을 다 해놓은 글을 보며, 혁은 화가 치밀어 올랐다.

그래서 좀 더 전문적인 검색을 해보았다. 기사와 논문에도 이런 내용이 많이 다루어져 있었다. 핵심은 이랬다.

동성애 취향이 선천적으로 타고나는 것인지 후천적으로 변하는 것인지에 대해서는 아직도 논란이 남아있다. 다만, 성적 취향은 자신이 선택하거나 거부할 수 있는 것이 아니다.

마지막 문장이 혁을 분노하게 만들었다.

선택하거나 거부할 수 있는 것이 아니다.

지금까지 그가 살아온 인생은 항상 스스로의 선택과 거부에 의해 이루어진 결과물이었다. 그런데, 이렇게 중요한 문제를 내가 결정할 수도 거부할 수도 없다고?

어차피 상관없다. 이미 내 마음속에는 그 미친 게이 녀석을 포함해서 이 세상 모든 게이들에 대한 적개심과 역겨움이 가득하니까. 나는 이성애자로 태어났고, 계속 이성애자였고, 앞으로도 이성애자일 것이다. 끝!

"검사님. 진승민이 아지트 파악했습니다."

함께 일하는 수사관 주성이 다가오자 혁은 네이버 창을 닫아버렸다.

진승민은 요즘 혁이 쫓고 있는 요주의 인물이었다. 택배로 마약을 배송하는 운반책인데, 처음에는 운반만 관여하다가 요즘에는 직접 판매에도 뛰어든 동향이 포착되었다.

"오케이. 회의하자."

혁은 보통 때보다 더 큰 목소리로, 박수까지 짝짝 치며 자리에서 일어났다. 그 어떤 검사보다 더 씩씩하고 남성적인 검사라고 스스로를 생각하면서.

*

드디어 9시간 40분의 비행시간이 모두 지나고 시애틀 도착. 준이는 다른 승무원들과 함께 공항을 빠져나와 숙소로 향하는 픽업 버스에 몸을 실었다.

이번 비행의 숙소는 힐튼 에어포트 호텔. 공항에서 10분 정도 거리에 있는 비즈니스호텔이었다. 시내에서는 먼 거리에 있지만, 근처에 쇼핑몰도 있고 마트도 있어서 며칠 지내기엔 나쁘지 않은 곳이었다. 호텔에 도착해서도, 연차가 어린 준이는 한참 기다린 끝에 룸 키를 받고 방에 들어올 수 있었다. 하품이 절로 나왔다.

벙커에서 잠깐이라도 잠을 자지 못한 게 이렇게 피곤할 줄이야.

준이는 무거운 몸을 이끌고 침대로 돌진하듯 와서는 벌러덩 누웠다.

아... 편안하다.

비행 끝나고 호텔 침대에 몸을 맡기는 이 기분에 중독되는 것도 같았다. 마치 고통스러운 숙취 끝에 해장국을 떠먹는 맛에 중독되듯. 잠시 누워있으니 갈증도 나고 비행을 끝낸 홀가분한 기분도 들었다. 으레 그러듯, 방안의 미니바에서 맥주를 꺼내 벌컥벌컥 들이켰다.

시원하다. 이제 개운하게 샤워하고 자면 되겠다!

준이가 기분 좋게 옷을 벗으려는 찰나,

"딩동"

벨 소리가 울렸다.

누구지? 찾아올 사람이 없는데...

궁금해하며 방문을 연 순간... 오 마이 갓. 상상도 하지 못한 사람이 문 앞에 서 있었다.

현아 선배?

그녀였다. 늘 보던 유니폼이 아니라, 얇은 끈의 슬립 하나만 달랑 입어서 알아보지 못했을 뿐. 그녀는 맥주 캔을 들어 보이며 싱긋 웃었다.

"준아, 얘기 좀 할까?"

당황해서 대답할 말도 못 찾고 어버버하고 있는 사이에, 현아 선배는 마치 초대라도 받은 마냥 당당하게 들어왔다.

"좀 앉아도 되지?"

"아... 네... 선배. 여기 소파에... 아니... 그게 아니고... 무슨 일로?"

현아 선배는 소파에 다리를 꼬고 앉더니 맥주캔을 건넸다.

"자. 일단 이거 받아. 맥주 한잔하자."

얼떨결에 맥주를 받아들었지만, 상황 파악이 되지 않았다.

아니, 대체 왜 선배가 여기서?

딸깍. 현아 선배는 맥주캔을 따더니 깊이 한 모금을 마셨다.

"왜 그렇게 바보처럼 서 있어? 준이 너도 이리 와서 앉아."

준이는 일단 옆에 앉은 다음, 정중하게 물었다.

"선배님. 무슨 일 있으세요? 제 방까지 찾아오시고... 제가 또 무슨 실수라도 했나요?"

"아니야. 그냥 얘기나 좀 하자고."

그녀는 아까 비행기에서 보여주던 표독스러운 표정 대신 누그러진 미소와 함께 입을 열었다.

"아까 내가 준이한테 잔소리를 좀 한 건, 다 잘되라고 그런 거야. 알지? 준이를 아끼는 마음에서 그런 거니까 너무 서운해하지 말고. 자, 같이 건배하자."

선배는 슬쩍 옆으로 붙더니, 준이가 쥔 맥주캔에 건배를 하고는 또 맥주를 들이켰다.

아슬아슬한 슬립 안의 물컹한 가슴이 준의 팔에 은근히 스쳤다. 준의 입가에 쓸쓸한 미소가 번졌다.

그래. 보통 남자였으면 섹시하다고 느낄 수도 있겠다. 인정. 하지만 난 당신 같은 부류의 여자들을 잘 알아. 내키는 대로 행동하고, 슬쩍 유혹만 하면 남자들이 다 넘어올 거라고 생각하는 여자들. 시시하고 유치한, 그리고 위험한 종족.

18살, 이른 봄의 일이 떠올랐다.

피아니스트가 꿈이었던 준의 첫사랑 소현이. 둘은 벚꽃이 휘날리는 교정을 거닐며 함께 웃고 꿈을 나누고 무한한 미래를 상상하던 아이들이었다. 둘은 점심을 함께 먹고 운동장으로 나와 나란히 계단에 앉아있는 걸 좋아했다. 같이 있는 것만으로도 좋았지만, 준이는 특히 그녀가 고른 피아노곡을 이어폰으로 나눠 끼고 들을 때가 제일 행복했다.

리스트의 헝가리안 랩소디... 소현이가 좋아하던 곡이었다. 이 곡이 나올 때면 그녀는 항상 두세 번씩 돌려 듣고는 했다. 지나치게 화려한 기교와 남성적인 리듬이 준이 취향은 아니었지만, 그녀가 듣는 곡이라면 사실 뭐든 좋았다.

학교가 끝나면 소현이는 피아노 레슨을 받으러 가고 준이는 아버지의 비서 아저씨가 운전하는 차를 타고 집으로 갔다. 그날도 그랬다. 그런데 차가 출발하려는 찰나, 갑자기 누군가 차 뒷문을 획 열고 들어왔다.

"야! 이준!!! 오늘 니네 차 좀 빌리자. 옆으로 가봐!"

그녀는 준이를 옆으로 밀어내고 차에 올라탔다.

강예나. 부모님끼리 친했던 탓에, 부모님을 따라 나간 자리에서 몇 번 만나기는 했지만 별로 가깝게 지내진 않던 사이였다. 학교에서도 불량한 아이들과 어울리는 것 같고, 아버지의 재력을 무기 삼아 친구들 사이에서 여왕 노릇 하는 게 왠지 마음에 들지 않아 멀리하고 있었는데... 멋대로 차에 타고선 하는 소리가,

"매일 오던 기사 아저씨가 오늘 좀 늦는데. 아빠한테 일러야지. 이준, 오늘 니네 차 좀 얻어 타자. 오케이?"

내키진 않았지만 제멋대로인 애와 부딪치기도 귀찮았다.

"알았어. 가는 길에 내려줄게."

예나는 그 후에도 몇 번 그런 짓을 반복했다. 뭐, 그뿐이었다. 더 다가오진 않았다. 적어도 준이 생각에는 그랬다.

비가 쏟아지던 어느 날, 예나는 또 불쑥 차에 올라탔다. 그날은 유난히 더 재잘재잘 혼자 수다를 떨고, 더 바짝 붙어 앉았다.

"준아, 오늘 우리 집에서 놀래? 엄마, 아빠 여행 가셔서 집에 아무도 없는데."

"..."

"비 오니까 혼자 있기 무섭단 말이야. 같이 영화 보자."

워낙에 거절도 잘 못하고 싫은 소리도 못하는 준이에게 소현이가 말해준 방법이 떠올랐다.

그는 무심히 말했다.

"미안. 소현이가 그런 거 싫어해."

"헐. 뭐야. 너 여자친구한테 잡혀 사니? 그냥 영화만 보자는 건데 뭘."

"하튼, 좀 그래."

"하. 됐어, 나도 그냥 해본 말이야."

예나의 집까지 가는 동안 어색한 침묵의 시간이 이어졌다. 집 앞에서 차 문을 쾅 하고 닫고 나가는 예나의 뒷모습이 왠지 서늘하게 느껴졌지만 준이는 생각했다.

어쩔 수 없지 뭐. 난 소현이밖에 없는걸. 게다가 너처럼 제멋대로인 성격은 질색이라구.

문제는 다음날부터였다. 예나는 같이 몰려다니던 불량한 친구들과 소현이를 괴롭히기 시작했다. 나중에 알게 된 사실이지만, 정도가 무척 심했고 소현이는 극도의 스트레스에 시달렸다. 그런데 준이는 급격히 어두워진 소현이의 표정을 알아차리지 못했다. 그때는 소현이의 어두운 모습도 아름답다고... 바보 같은 생각을 했다.

안 그래도 예민한 성격이었던 소현이는, 봄의 막바지 어느 날, 학교 옥상에서 뛰어내려 스스로 목숨을 끊었다.

준이는 그 장면을 직접 목격했다. 팔다리가 이상한 각도로 꺾여 누워있는 소현이의 몸 위로, 둘이 매일 함께 보던 벚꽃잎들이 춤을 추듯 내려앉고 있었다. 그날 몇 번을 토했는지 기억도 나지 않는다.

준이 때문에 자존심이 구겨졌다가, 소현이를 대신 괴롭히면서 만족했던 강예나.

준이 때문에 괴롭힘을 당하면서도, 힘들다는 말 한마디 하지 않았던 소현이.

사랑하는 사람을 지켜주지 못했던 준이, 자신.

모든 것이 끔찍하고 원망스러웠다. 준이가 여자에게 거리를 두기 시작한 건 그날 이후부터였다.

가슴 깊은 곳에 묻어둔 기억이었는데... 함부로 옆에 붙어 앉은 현아 선배 때문에 그날의 일이 생생히 떠올랐다.

갑자기 현아 선배의 팔이 닿아있는 피부에 끔찍한 느낌이 파고들었다. 그는 티 나지 않게 슬쩍 옆으로 피했다.

"선배, 그렇게 말씀해 주시니 감사합니다. 선배님이 해주시는 말씀들, 다 좋은 충고라고 생각하고 새겨듣고 있습니다. 그런데 제가 술을 잘 못해서..."

이 정도로 돌려서 얘기하면 알아듣고 자리에서 일어나 나갈 거라고 생각했는데,

"방이 좀 덥지 않니?"

선배는 안 그래도 푹 파인 슬립을 더 밑으로 끌어내리며 침대로 자리를 옮겨 앉았다. 침대에 걸터앉아 다시 맥주를 마시던 선배는 실수인지 고의인지 맥주를 쏟았다.

"왓 더!"

준이의 입에서 욕이 튀어나왔다.

아슬아슬 비치던 실크 슬립 원피스가 아예 축축하게 젖어 그녀의 몸을 노골적으로 드러냈다.

"어머, 어떡해. 옷이 다 젖어버렸네."

호들갑을 떨며 당혹스러워하는 선배에게 얼른 욕실에 있던 수건을 갖다 주었다.

"선배. 괜찮으세요?"

"갑자기 손이 미끄러져서 놓쳐 버렸어. 이 수건으로는 안 될 거 같은데. 준아, 나 잠깐 샤워 좀 해도 될까?"

아... 이 여자가 정말 보자 보자 하니까. 게다가 이건 방법조차 너무 고전적이잖아!

여느 때 같으면 거절하지 않았을 텐데, 오늘은 피곤함과 짜증이 몰려왔다. 방에 있는 여자가 선배임을 망각하고 정색을 했다.

"선배. 죄송한데 제가 좀 피곤해서요. 저도 좀 씻고 쉬고 싶은데... 선배도 방으로 돌아가 샤워하시는 게 편하지 않겠어요?"

현아 선배는 못 들은 척 화장실로 가려 했지만, 준이는 그녀의 손목을 잡고 문으로 이끌었다.

"준아, 잠깐만!"

"죄송합니다. 편히 쉬세요, 선배님."

최대한 정중하게, 그녀를 거절하고 배웅했다. 그런데, 방문을 연 순간, 본능적으로 서늘한 기운이 그의 이마로 날아들었다. 뭔가, 상황이 더럽게 꼬였다는 느낌.

방문 앞에는 노크하려는 자세로, 화들짝 놀란 혜진 선배가 서 있었다. 그녀는 놀라서 중얼거렸다.

"아... 현아 언니. 여기... 계셨네요?"

현아 선배 역시 당황하긴 마찬가지였다.

"아. 혜진 씨... 저기 나는..."

현아 선배는 대충 얼버무리더니 후다닥 나가버렸다. 덩그러니 남아있던 준이에게 혜진 선배는 가라앉은 목소리로 말했다.

"휴대폰 충전기 빌리러 왔어. 그냥 다른 사람에게 빌리는 게 낫겠다."

준이가 붙잡을 새도 없이, 그녀는 휙 돌아서 가버렸다.

하아... 귀찮아졌군. 이런 오해는 딱 질색인데...

역시 여자들과 얽히면 피곤해지는 법이다. 현아 선배는 몰라도 혜진 선배한테만큼은 오해를 풀어주고 싶었다. 그러나 마음도 몸도 너무 피곤했다. 준이는 자포자기의 심정으로 방문을 닫고 다시 침대에 쓰러지듯이 누웠다.

　혜진 선배 생각을 잠깐 하고, 현아 선배 때문에 짜증이 났다가, 아내 생각에 또 머리가 아팠다가,...

　여자들 사이에 끼어 짜증이 나서일까. 어제 만난 검사 아저씨 얼굴이 떠올랐다. 그가 했던 말도 귀에 울렸다.

　- 내 앞에 나타나지 마라. 연락도 하지 말고. 내 눈에 띄면 죽여 버릴 테니까. 씨발.

　무서워야 되는데, 왜 웃음이 나지? 풉.

　미안해요 검사 아저씨.

　*

　"바로 저깁니다."

　젊은 수사관 주성의 손끝이 가리킨 곳은 강남 한복판에 위치한 클럽 '블랙신드롬'.

　압도적인 규모와 럭셔리한 인테리어, 그리고 뛰어난 디제이들을 공격적으로 섭외해서 요즘 제일 주가를 올리고 있는 핫 플레이스. 국내는 물론이고 가끔 외국의 아티스트들까지도 초청해서 EDM 음악을 좋아하는 젊은 층에서도 성지로 불리는 곳이었다.

　"강남 한복판에서 거래를 한다고? 간이 배 밖에 나왔군."

혁이 중얼거렸다.

그가 오랫동안 쫓아온 마약상 진승민이 자주 출몰해 마약 거래를 하는 곳이 바로 이곳 '블랙신드롬'이라는 첩보를 입수했다. 수사관들과 함께 클럽 입구가 보이는 골목 곳곳에서 잠복을 하고 있는 중이었다.

진승민과 내통하는 것으로 의심되는 클럽 웨이터들에게 의심을 사지 않기 위해, 수사관들은 여러 가지 모습으로 잠복 중이었다. 편의점 알바생, 대리기사, 주차관리인, 술집 손님 등등.

혁은 클럽 입구가 보이는 골목 건너편 2층 상가에서 주성 수사관과 함께 아래를 살피고 있었다.

"붉은색 포르쉐라고?"

혁이 진승민의 차를 확인했다.

"네."

"약쟁이 새끼가 차는 좋은 거 타고 다니네."

"나쁜 놈들이 잘 사는 사회가 되면 안 될 텐데!"

주성의 분개하는 얼굴을 보던 혁의 눈썹이 꿈틀했다. 혁이 담배에 불을 붙이고 연기를 길게 내뿜으며 한마디 했다.

"뭘 그렇게 진지 빨고 지랄이야."

"네?

"니가 정치가야 뭐야. 사회 운운하고. 넌 인마 나하고 나쁜 놈이나 잡으면 되는 거야. 오케이?"

"네, 검사님."

혁의 터프한 일갈에 주성은 꼬리를 내리고 말았다.

"그런데 검사님. 이 건물 금연인데..."

"벌금 내면 되잖아 새꺄!"

두 번째 담배 연기를 창밖으로 내뿜던 혁의 시선에 뚜껑을 열어젖힌 포르쉐 한 대가 잡혔다.

"어!"

혁은 담배를 바닥에 던지고 차를 주시했다.

붉은색. 조수석에 여자까지 태웠다. 운전자의 얼굴은 정확히 확인되지 않는다. 한밤중에 선글라스를 끼고 있다.

"용의자 차량 발견!"

무전도 들려왔다.

진승민이 맞구나!

혁과 주성은 눈빛을 주고받았다.

걸려들었다. 이제 침착하게 타이밍을 기다리면 된다. 현장을 덮치는 게 베스트다.

진승민은 여자의 허리에 팔을 감고 클럽으로 들어갔다. 클럽 안에서는 형사들이 손님으로 위장하고 잠복 중이었다. 진승민을 잡을 최고의 타이밍을 노렸다가, 외부의 지원팀에게 연락을 줄

계획이었다.

혁은 잡담도 담배도 없이 한 시간을 넘게 무전을 기다렸다. 슬슬 다리가 저려올 무렵, 무전이 들렸다.

"지금입니다. 진압할까요?"

작전의 총지휘를 맡고 있는 혁의 판단을 물어보는 무전이었다. 이런 상황에서 그의 대답은 언제나 똑같았다.

"가자!"

혁은 주성과 함께 건물 밖으로 튀어 나갔다. 골목 안에서 이런 저런 모습으로 잠복하고 있던 형사들도 클럽 입구로 몰려들었다.

"뭐야 이 새끼들!"

입구를 지키던 기도들이 막아섰다. 형사들은 먼저 기도들이 귀에 찬 무전기부터 뜯어 던지고는 영장을 보여주었다.

"문 열어 이 새끼들아!"

활짝 열린 클럽 문으로 형사들이 뛰어 들어갔다. 작전 시작!

보통 검사들은 후방에서 작전이 끝나기를 기다리지만, 혁은 달랐다. 일선 형사들과 섞여 현장에서 땀 흘리는 것이 좋았다. 그는 강력계 형사라도 된 양, 삼단봉을 손에 들고 클럽 안을 누비기 시작했다.

쿵쾅거리는 음악 소리, 놀라서 비명을 지르는 손님들, 우왕좌왕하는 웨이터들이 뒤섞인 클럽 안은 엉망이었다. 혁은 매의 눈으로 클럽 안을 살피며 중얼거렸다.

"아주 아사리 판이구먼. 이 새끼가 어디로 도망갔나..."

형사 두 명이 모델 같이 생긴 키 큰 남자를 혁 앞에 끌고 왔다.

"이 새낀 뭐야?"

"지배인입니다."

형사들의 말에 혁은 남자 앞으로 다가갔다. 지배인은 기분 나쁜 시선으로 혁을 내려다보고 있었다.

"눈 깔어 십센치야."

혁은 유도 선수처럼 발을 뻗어 지배인의 무릎 뒤를 당겼다.

"헉!"

신음과 함께 지배인은 자동적으로 혁 앞에 무릎을 꿇었다. 혁은 지배인의 머리를 확 움켜잡고 말했다.

"존나 시끄럽네. 음악부터 꺼."

지배인이 무전기로 지시를 하자, 거대한 공간을 울리던 음악 소리가 사라졌다.

"존나 어둡네. 불도 키고."

지배인이 다시 무전을 하자 클럽 안이 대낮처럼 환하게 밝아졌다.

클럽 안은 아수라장이었다. 나가려는 손님들과 아무도 못 나가게 막고 있는 형사들이 정신없이 뒤엉킨 모습이었다.

혁은 난리법석에 아랑곳하지 않고, 침착하게 지배인을 심문했다.

"어딨어?"

"누구요?"

"진승민."

진승민이라는 이름에 지배인의 표정이 움찔했다. 그러나 표정과는 반대로 시치미를 뗐다.

"진승민이 누군데요?"

혁은 지배인의 코앞에 얼굴을 들이밀었다.

"존만아. 딱 보니까 너도 약하는 거 알겠거든? 혈액 샘플 뜨면 빼도 박도 못해 새꺄. 거기에 범인은닉죄까지 얹어서, 어떻게, 콩밥 좀 먹어볼래?"

지배인의 표정이 흔들렸다.

"진승민이가 무섭냐, 대한민국 검사가 무섭냐?"

혁은 지배인의 입에 귀를 갖다 댔다. 망설이던 지배인의 입술이 열렸다.

"그럼 저는 빼주시는 겁니까?"

"당연하지 인마. 기브 앤 테이크. 나 여기까지 의리 하나로 왔어. 진승민이 어딨어?"

"주방 뒤쪽으로 비밀통로가 있습니다. 그쪽으로 나갔을 겁니다."

혁은 1초도 머뭇거리지 않고 달려갔다. 수사관들이 그의 뒤를 쫓았다.

지배인의 말대로 주방 뒤쪽 창고의 문을 열자 바로 골목이었다.

"멀리 못 갔을 거야! 을지병원 사거리, 신사역 사거리, 학동사거리까지 검문검색 실시하고, 샅샅이 뒤져!"

혁은 명령을 내리고는 자신도 삼단봉을 거머쥐고 골목을 뛰어다니기 시작했다.

땀이 등을 적셨다. 긴장이 몸을 조여 온다. 혁은 느낌으로 알 수 있었다. 멀지 않은 곳에 놈이 있다.

발자국 소리를 죽여 가며 골목을 뒤지던 그의 앞으로 길고양이 한 마리가 튀어나왔다. 놀란 가슴을 쓸어내리는데, 동시에 그림자가 움직이는 모습이 눈에 들어왔다.

"진승민!"

혁은 소리치며 그림자의 뒤를 쫓았다. 놈이 맞다. 전력 질주하는 놈의 뒤를 죽기 살기로 쫓았다. 결국 막다른 골목에 다다른 놈은 벽을 등지고 칼을 뽑아 들었다.

범생이나 오타쿠 스타일인 줄 알았는데, 칼을?

예상 못 한 시나리오였다.

"오지 마 새꺄!"

진승민이 마구잡이로 칼을 휘둘렀다. 완전히 풀린 눈을 보아하니, 약에 절어있는 게 분명했다.

위험하다. 그러니까 더욱 지금 잡아야 한다. 도망 다니면서 시민을 인질로 잡기라도 하면 더욱 낭패다.

"진승민이. 칼 내려놓자."

"꺼져 이 짭새 새끼야!"

"나 짭새 아냐. 검새야."

"좆까 병신아!"

진승민이 칼을 휘두르며 달려드는 순간,

"이 새끼가."

혁은 수년간 익혀온 합기도 기술로 녀석을 메다꽂았다.

"공권력에 도전하냐?"

다행히 엎치락뒤치락하지 않고 깔끔하게 나가떨어졌다.

"나이스."

혁은 스스로를 칭찬하고는 골목에 떨어져 있는 칼을 주웠다. 무전으로 형사들에게 위치를 알리려는데, 뭔가 뜨끈한 것이 턱을 타고 흐르고 있었다. 손으로 닦아보니 붉은 피가 선명했다. 아까 잠깐 붙었을 때, 녀석이 휘두른 칼에 베인 것 같다.

"에이 씨, 잘생긴 얼굴에!"

혁은 쓰러져 있는 마약사범의 배를 걷어찼다.

*

"역시 진 검사야!"

칭찬과 축하주가 이어졌다.

서초동의 한 횟집. 며칠 전, 직접 범인을 거거한 혁의 공로를 치하하기 위한 자리였다.

"더 열심히 뛰겠습니다."

겸손한 태도로 선배 검사들의 잔을 받아 마시는 혁의 이마에 붕대가 붙어 있었다. 사나이를 위한 훈장처럼.

마침 다음날은 토요일이었다. 마음 놓고 정신없이 달렸다. 검사들의 회식이 항상 그렇듯 고꾸라질 때까지 마시고 또 마셔댔다. 코스처럼, 여자들이 나오는 술집에도 선배들에게 이끌려갔다.

거기까지는 얼핏 기억이 났다. 술 시중을 드는 파트너가 무척 예뻤음에도 불구하고, 이상하게 눈에 들어오지 않았던 기억도 나고...

그 뒤로는 기억이 나지 않는다.

그리고...

누군가가 흔드는 손길에 정신을 차렸다.

"음... 으음..."

여긴 어디지? 겨우 눈을 떠보니 흐릿한 얼굴이 보인다.

"여기서 뭐 해요?"

어이가 없다는 듯 피식 웃는 그 얼굴...

어, 이 새끼는...

혁은 몸을 일으키려고 했지만 아직 남아있는 술기운에 자꾸 발이 미끄러졌다. 몸이 말을 듣지 않고, 중얼중얼 욕설만이 흘러나올 뿐이었다.

"이 게이 새끼... 죽을라구... 비켜..."

준이는 승무원 유니폼을 입고, 검은색 승무원 캐리어까지 끌고 있었다. 비행을 마치고 집으로 들어오는 길 같았다. 그렇다면?

혁은 주위를 둘러보았다. 낯설지만, 한 번 와 본 적이 있는 복도다. 준이의 집 앞!

"뭐야? 내가 왜 여기 있지?"

중얼거리는 혁을 보며, 준이가 픽 웃었다.

"그걸 제가 어떻게 알아요? 저 잡으러 오셨나요 검사님?"

준이는 꽤나 여유로워 보였다. 어이없어하면서도 고개를 삐뚜름하게 기울인 채 혁을 관찰하고 있다. 이 상황이 무척 재미있다고 생각하는 듯했다.

"엄청 달리셨나 봐요?"

혁은 어떻게든 몸을 일으키려고 했지만 몸에 힘이 안 들어갔다.

"도와드릴게요."

준이가 캐리어를 놓고 혁을 붙잡아 일으켜주었다. 그에게서 풍기는 옅은 향수 냄새가 술 냄새 풀풀 나는 혁을 부끄럽게 했다.

이 녀석은 언제나 깨끗하고 정돈된 느낌이군. 하긴 계집애 같은 게이 녀석이니.

일단 준이의 도움을 받아 일어서자 몸에 제법 힘이 돌아왔다.

"몇 시냐?"

"아침 일곱 시요."

"뭐?"

"여기서 주무셨나 봐요? 노숙자처럼. 몇 시에 오셨어요?"

마지막으로 룸살롱에서 나온 게 몇 시였더라? 새벽 두 시? 세 시?

기억이 나지 않는다. 기억이 날 정신이었다면 여길 오지도 않았겠지.

그런데, 나는 왜 여기 왔을까?

혁은 미칠 것 같았다. 준이가 초대한 것도 아니고, 연락을 한 것도 아닌데... 내 발로 와버렸다.

"일단 들어와요. 여기까지 왔으니."

준이는 문을 열고 혁에게 들어오라고 손짓했다.

들어가고 싶지 않았다. 남자의 입술을 훔치는 게이 녀석의 집에, 다신 들어가고 싶진 않았다. 그렇게 생각하면서도 혁은 비틀거리며 준이의 집으로 들어가고 있었다.

"이마는 또 왜 그래요?"

"보면 몰라 인마? 다쳤잖아."

"그걸 몰라서 물어요? 왜 다쳤냐고요."

"나쁜 놈 잡다가."

"검사가 직접 몸싸움도 해요?"

"모든 검사가 다 그런 건 아니지만."

혁은 시트는 가죽이고 등받이는 천 재질의 소파에 털썩 주저앉았다.

"나는 그런 편이야."

지난번에 앉았을 때는 앉아보지 못한 소파가 무척이나 편안했다. 적당히 단단한 느낌이 누워서 잠을 자도 손색없을 것 같았다.

"붕대를 갈아야 할 것 같은데."

준이는 남자간호사 같은 눈으로 혁의 이마를 살펴보았다.

"비켜 새꺄."

혁이 준의 손을 치웠다.

"풉. 겁나요?"

"뭐가?"

"제가 검사님을 어떻게 하기라도 할까 봐?"

"미친놈이 죽을라구!"

"기다려요. 옷 갈아입고 올게요."

준이는 캐리어를 끌고 방으로 들어갔다.

　방문 닫히는 소리, 짐을 푸는 소리, 옷을 갈아입는 차례로 소리가 들렸다.

　지금이라도 늦지 않았다. 나가자. 일어나서 문을 열고 가버리면 된다. 그리고 다시 오지 않으면, 오늘의 해프닝은 해프닝으로 끝난다.

　그러나 혁은 일어나지 않았다. 준이가 헐렁한 티셔츠와 하얀 반바지 차림으로 나올 때까지.

　그의 손에는 구급함이 들려있었다.

　"가만히 있어 봐요."

　준이는 혁의 앞에 무릎을 꿇고 구급함을 열었다.

　"뭐 하려고?"

　"붕대 갈아줄게요."

　"됐어."

　"이런 거 혼자 잘 못하잖아요."

　준이는 혁의 이마에서 너덜거리던 붕대를 떼어냈다.

　"에휴. 엉망으로 붙여놨네."

　칼에 베인, 꽤나 깊은 상처를 보고는 인상을 찌푸렸다.

　"이 정도면 입원해야 하는 거 아니에요?"

　"부러진 것도 아니고, 피 좀 나는 걸로 무슨 입원."

"칼에 베인 거 같은데요?"

"응."

"우리 검사님 터프가이시네."

준이는 농담을 하면서 능숙하게 흉터 방지약을 바르고 붕대를 갈아주었다.

"총도 막 쏘고 그래요? 영화에서처럼?"

그의 손길이 닿을 때마다 혁은 어떤 입김이 피부에 스며드는 기분에 속이 울렁거렸다.

숙취 때문일까?

"다 됐다."

준이는 새로 붙인 붕대를 손바닥으로 꾹 눌러주었다.

"승무원이 이런 것도 잘하네."

"응급처치 방법도 배우거든요."

"좋은 직업이네. 계집애들이 하기에는."

"남자가 하기에도 좋은 직업이에요."

"자부심 쩌네."

"좋은 거죠. 자기 일에 자부심을 갖는 건. 검사님은 자부심 없으세요?"

"몰라 인마."

치밀어 오르는 숙취에 한숨을 길게 내쉬자, 준이가 인상을 썼다.

"지금 술 냄새 엄청나는 거 알아요?"

"그렇겠지."

"몰골도 엉망이고."

"아마도."

"이 상태로 돌아다니지 말고, 정신 좀 차렸다 가요."

준이는 잠시 사라졌다가 다시 나타났다.

그의 눈에는 깔끔하게 접힌 팬티와 트레이닝 반바지, 그리고 'u make me feel brand new'라는 문구가 적힌 흰색 반팔 티가 들려있었다.

"샤워해요. 한결 술이 깰 테니까."

준이는 쓰지 않은 칫솔도 내밀었다. 혁은 어이가 없었다.

이 자식이 날 뭘로 보고. 내가 여기서 샤워를 할 리가 없잖아?

그러나 준이의 손길을 내치지도 못했다.

"안 받고 뭐 해요? 제 손이 부끄럽잖아요."

"됐어. 샤워는 무슨."

"혹시 샤워 중에 제가 덮치기라도 할까 봐요?"

"뭐 이 새끼야?"

혁이 주먹을 불끈 쥐었다.

"아휴. 성질 좀 봐. 검사님이 아니라 형사님 같네. 툭하면 주먹 쥐고, 말끝마다 욕이고."

준이의 애교스러운 말투에 혁의 주먹이 스르르 풀렸다.

"얼른 씻어요. 나도 샤워해야 하니까."

준이가 혁을 일으켰다.

"제가 씻겨드려요?"

"야!"

"이마 상처에 물 닿으면 안 되니까, 얼굴이랑 몸만 씻어요. 머리는 제가 감겨줄게요."

아까 집에서 나가지 못한 것과 같은 이유로, 혁은 샤워실로 들어오고 말았다.

하아... 처음부터 여길 온 게 잘못이야!

거울로 본 자신의 모습이 정말 마음에 들지 않았다.

에라 모르겠다. 일단 씻자.

샤워부스는 모델하우스처럼 깨끗했다. 바디 제품들은 정확하게 있어야 할 자리에 놓여있고, 바닥에 물기 한 방울 없었다.

혁은 옷을 벗고 물줄기에 몸을 넣었다. 더운 기운이 알코올에 찌든 몸을 쓰다듬어 주었다.

이러면 안 되는데.

기분이 조금씩 나아지고 있었다.

브렛 앤더슨의 퇴폐적인 목소리가 토요일 아침의 방을 흐느적거렸다.

"우린 바보 같은 짓을 할 거예요. 우린 겨울이 오지 못하게 막을 거예요."

준이는 소파에 비스듬하게 누워 노래를 따라 불렀다.

"그가 행복한 일이라면 뭐든지. 토요일 밤에."

시애틀 비행에서 돌아온 새벽 여섯 시에, 술에 만취한 혁이 현관 앞에 쓰러져 있을 거라고는 당연히 상상도 하지 못했다. 그런데 놀랍지 않았다. 오히려, 놀라워하지 않는 자신이 더 놀라웠다.

언젠간 다시 만날 것을 알고 있었던 것일까? 아니면, 기대했던 일이 이루어졌을 때의 기쁨일까? 그것도 아니면, 그냥 혁이라는 남자가 마음에 드는 걸까?

그가 샤워하는 물소리가 스웨이드의 음악에 절묘하게 섞였다.

이혼을 하고 첫 비행이었다. 항상 비행을 하고 오면 아내가 집에서 맞아주었는데, 이번에는 혼자 빈 집에 들어오게 될 거라고 생각하니 조금 쓸쓸할 것 같기도 했다. 그 쓸쓸함조차 이제 즐겨야겠지, 생각하고 돌아왔는데...

그는 왜 여길 찾아온 것일까? 그것도 온몸이 알코올에 절어서는.

자기 자신을 부정하느라 몸부림치는 혁의 모습이 귀엽게 보였다.

준은 자신이 남자를 좋아한다는 사실을 처음 인정했을 무렵을 떠올렸다. 지금 혁처럼 부정하거나 난리 치지 않았다. 그저, 남들과 다른 삶을 살게 될 것 같아 막막하면서도 기대가 되는 정도? 성격의 차이였을까?

게이들 중에서도 마초 같은 스타일이 있다. 그들은 유난히 자신의 성적 정체성을 인정하는데 홍역을 치른다. 지난번에 처음 만났을 때는 준도 확신하지 못했다. 혁의 정체성에 대해. 그러나 가련한 모습으로 현관문 앞에 쓰러져 있는 모습을 보고서는 확신했다.

검사님. 큰일 났어요. 우린 최소한 친구가 되어버렸네요.

자꾸 웃음이 나왔다. 아까 혁이 당황하던 모습들이 떠올라서.

손길이 닿을 때마다 흠칫 놀라는 모습이 덩치만 큰 어린아이 같았다.

장난의 수위를 더 높여볼까?

샤워 물줄기 소리가 뚝 그쳤다.

준은 소파에서 일어나 티셔츠를 벗었다. 반바지 차림으로 샤워실로 다가갔다.

- 똑똑. 문을 두드리고 물었다.

"샤워 끝나셨어요?"

"들어오지 마!"

큭큭큭.

"머리 감겨드리려고요."

"잠깐만!"

샤워실 안에서 급히 물을 닦고 옷을 입는 소리가 생생하게 들렸다.

"잠깐만 있어!"

준은 터져 나오는 웃음을 막기 위해 입을 틀어막아야 했다.

"됐어."

소리와 함께 문이 열리고 혁이 나왔다. 귀엽게도, 그 사이 바지와 티셔츠를 모두 입고서.

그는 웃옷을 벗은 준이를 보고 시선을 다른 곳으로 돌렸다.

"머리 감겨드릴게요."

"괜찮은데."

"괜찮긴. 엉망이에요. 냄새도 지독하고."

준이는 반신욕 욕조에 혁을 앉히고 고개를 욕조 밖으로 젖히도록 했다.

"눈 감아요. 물이 튈 수 있으니까."

혁은 두 눈을 감고 주먹까지 쥐었다.

바보. 쫄기는.

준이는 온도와 수압을 조절한 후, 샤워기로 혁의 머리를 감겨주었다.

물로 머리를 적시고, 샴푸 거품을 냈다. 손끝에 남의 두피가 닿는 촉감이 이상하게도 좋았다.

"불편해요?"

"뭐, 그럭저럭."

"미용실에 왔다고 생각해요."

"난 미용실에 안 가."

"맙소사. 그럼 블루클럽이라도 다니세요?"

"어떻게 알았어?"

"어휴. 아재 인증."

"그만하고 이제 헹궈."

"조금만 더요. 머리 감을 때 두피 마사지를 충분히 해줘야 탈모 예방도 되고 좋대요."

"머리가 너무 많아서 탈이야."

"그렇긴 하네. 짐승처럼."

"계집애 같은 것보단 낫지."

"여자보다 짐승이 좋아요?"

"논점을 흐리지 마!"

혁이 발끈하자 준은 또 웃음이 나왔다.

오랜만에 재밌는 일을 찾았다. 검사 아저씨를 놀리는 일.

준이는 머리를 헹궈주었다. 풍성한 남자 머리칼을 타고 물이 떨어지는 모습이 사진으로 남기고 싶은 만큼 섹슈얼했다. 머리를 다 헹구고 잘 마른 수건과 드라이어로 머리를 말려주기까지 했다.

"완전 풀 서비스해드렸는데, 팁이라도 주시죠?"

"승무원들이 머리 감겨주는 것도 배우나?"

"그럴 리가요."

"어떻게 이렇게 잘하지?"

"정성을 기울였으니까."

준이는 빙긋 웃으며 혁을 보았지만, 혁은 시선을 마주치지 않고 욕조에서 일어났다.

"술 좀 깨요?"

"아까보단 낫네."

"저도 샤워할게요."

준이는 아직 혁이 나가지 않은 상태에서 반바지를 벗기 시작했다.

혁은 화들짝 놀라 샤워실을 나갔다. 그 모습에 준은 또 웃음이 나왔다.

정말 몰랐어. 저 사람 때문에 이렇게 웃게 될 줄은.

혁은 소파에 멍하니 앉아 있었다.

빌어먹을 게이 녀석. 사람 기분을 이상하게 만드는 재주가 있어.

혁은 고슬고슬하게 잘 마른 머리를 쓸어 넘겼다. 그가 쓰는 향수보다 몇 배로 더 좋은 냄새가 흩어졌다.

준이가 샤워를 하고 있다.

샤워를 하고 나오면, 그래도 고맙다는 인사 정도는 하고 나가야겠지?

그런데... 졸음이 쏟아졌다. 너무나도 편안한 졸음이었다. 너무 편해서, 준이가 샤워를 마칠 때까지도 기다릴 수 없을 만큼... 편안한... 졸음이... 쏟... 아... 졌...

준이는 샤워를 하면서 딱 한 가지만 기대했다.

혁이 나가버리지 않고 기다려주는 것.

샤워를 하고 나갔을 때 혁이 나가고 없으면 왠지 허탈할 것 같았다. 꼭 잘 가라는 인사를 하고 보내주고 싶었다. 그런데 밖으로 나왔을 때, 준이는 또 웃음이 터졌다.

혁이 자고 있었다. 짐승처럼 코를 골면서.

준은 모직 담요를 찾아 덮어주었다. 드르렁드르렁 시끄럽게도 자는 검사님의 모습을 한참 내려다보다가, 암막 커튼을 치고, 음악을 끄고, 침대에 누웠다.

아주 작은 목소리로 속삭여주었다.

"잘 자요, 검사님."

토요일 아침에 기분 좋은 꿈을 꿀 것 같았다.

세상일이라는 게 다 그렇다. 언제나 기대와 예상, 또는 우려와는 한 끝씩 다르게 진행되기 마련이다. 그러나 그날 아침 혁은 단 한 번도 앞으로 일어날 일을 맞추지 못했다.

준의 집 앞에서 쓰러진 채 발견될 줄도, 그의 집에서 샤워하고 그의 옷으로 갈아입게 될 줄도, 아침 내내 잠을 자 버리게 될 줄도, 꿈에도 몰랐다. 심지어 먼저 눈을 뜬 사람조차 준이였다.

준이는 일종의 패턴이 있었다. 밤샘 장거리 비행을 마치고 돌아오면 항상 서너 시간의 낮잠을 자고 일어났다가, 밤에 조금 일찍 잠드는 패턴에 단련되어 있었다.

혁은 정오가 다 되어서, 먼저 일어난 준이가 밀란 쿤데라의 책을 수십 페이지나 읽은 후에나 잠에서 깼다. 부끄러웠지만 이번에는 괜히 화를 내지는 않았다.

"해장하러 가요."

준이의 제안을 순순히 받아들였다. 베트남 쌀국수라는 그의 메뉴도 오케이.

준이의 차를 타고 식당으로 향했다. 준이의 차는 붉은색 포르쉐였다.

"며칠 전에 잡은 약쟁이 녀석하고 똑같은 차를 타는군."

"그래요? 뭘 좀 아는 약쟁이네."

"이 차 이름이 뭐냐?"

"포르쉐 박스터요."

"승무원 월급으로 이런 차를 탈 수 있나?"

"쉽진 않죠."

"집이 부자인가 보네."

준은 빙긋 웃고 말았다.

식당이 집에서 멀지 않아서 금방 도착했다. 둘은 똑같이 소고기 쌀국수를 먹었다.

"보통은 뭘로 해장해요?"

준이가 국수에 숙주와 양파를 듬뿍 집어넣으면서 물었다.

"순댓국이나 선지해장국?"

"오. 나도 순댓국 좋아하는데. 요 앞에 되게 맛있게 하는 집 있어요. 삼성아파트 입구에."

"순댓국 맛집이라면 언제나 환영이지."

"다음에는 순댓국 먹으러 가요."

갑자기 튀어나온 '다음'이라는 말에, 둘 다 어색한 침묵에 휩싸였다.

둘은 말없이 쌀국수를 건져 먹었다.

그릇이 바닥을 드러낼 때쯤, 준이가 말했다.

"정말 너무해."

"뭐가?"

"어떻게, 고맙단 얘기 한 번 안 해요? 재워주고, 씻겨주고, 돌봐

줬는데?”

혁은 한숨을 쉬었다.

“얘기하려고 했는데, 타이밍을 놓쳤어.”

“안 하는 것보단, 늦게라도 하는 게 낫죠.”

“고마워.”

“그럼 부탁 하나 들어줘요.”

“말해봐.”

“주차장에 차 타러 갈 때까지, 손잡고 갈 수 있어요?”

“뭐?”

혁은 두 눈을 부릅떴다.

“그래봤자, 겨우 몇십 미터에요.”

“미친 소리 하지 마. 사람들도 있는데!”

“아는 사람 없잖아요.”

혁은 식당 안을 둘러보았다. 토요일 낮, 마포의 쌀국수 식당에 아는 사람이 있을 리 없다.

“요즘 사람들이 남자 둘이 손잡고 다닌다고 눈길이라도 줄 것 같아요?”

“그래도 안 돼.”

“쳇. 섭섭하네. 그럼 계산이나 해요.”

혁은 왠지 찜찜한 기분으로 자리에 일어섰다. 그런데, 계산을 막 마치는 순간 준이가 슬그머니 그의 손을 끌어 잡았다. 찌릿하면서 동시에 간지러운 감각이 일순간에 그를 마비시켰다. 겨우 손을 잡는 것만으로, 수갑이라도 채워진 양 반쯤 얼어붙은 상태로 식당을 나왔다.

태어나서 처음으로 남자와 둘이 손을 잡고 걸었다. 식당 뒤에 딸린 주차장으로 가는 짧은 거리가 학교 운동장이라도 가로지르는 마냥 멀게 느껴졌다. 준이는 손을 놓지 않았고, 혁도 손을 빼지 않았다.

그저 그런 무채색의 세단들 사이에서 멋진 자태를 뽐내고 있는 붉은 포르쉐가 눈에 들어왔다.

다 왔다! 아무한테도 안 들키고.

그는 도망치듯 손을 뺐다. 남자와 손을 잡고 걷다니. 어이가 없었다.

좋아. 여기까진 어젯밤 나를 돌봐준 보답이라고 치자. 이 게이 녀석한테 잠깐 홀려준 거야.

하지만 여기까지다. 이젠 다신 널 보지 않을 거야.

혁이 무슨 생각을 하든 아랑곳하지 않고, 준은 부드러운 동작으로 포르쉐에 올라탔다. 시동이 걸리고, 빨간 스포츠카의 뚜껑이 열렸다. 준이의 새하얀 얼굴과 긴 목이 오픈카와 무척이나 잘 어울렸다.

"타요."

안 타 이 게이 새끼야.

입술이 붙어버린 걸까. 혁은 아무 말도 하지 못했다.

저기 멀리 목적지를 짐작할 수 없는 비행기 한 대가 파란 하늘을 가로질렀다. 주차장 구석에 고양이 한 마리가 수풀로 들어갈지 차 안으로 기어들어갈지 멈칫하고 있었다. 나뭇가지에 앉은 새도 어디론가 날아오르기 직전이었다.

세상 모든 것이 어디로 갈지 망설이는 순간 속에 그는 서 있었다.

셋 둘 하나 : 죽음의 카운트다운

오늘도 세상은 멸망하지 않았다. 그 사실을 알려주는 핸드폰 알람 소리와 함께 재호는 눈을 떴다.

아침 일곱 시 이십 분. 쓸데없이 발기해있는 페니스가 가라앉을 때까지 잠시 더 누워있었다. 한 번도 제대로 써 본 적 없고 앞으로도 당분간은 쓸 일이 없는데 왜 이렇게 매일 준비만 하는 걸까, 의아해하면서.

외출 준비를 하는 순서는 사람마다 제각각이다. 어떤 사람은 세수부터 하고, 어떤 사람은 이부터 닦는다. 재호는 후자였다. 이를 닦고, 찬물을 한 컵 마시고, 그다음 세수를 했다. 거기까지는 어제와 똑같았다. 몇 년째 매일 맞이하는 그런 아침이었다. 그러나 화장실에서 나올 때 사소하면서도 특별한 사건이 벌어졌다.

들어갈 때 바닥이 젖어 있는 걸 보고서도 조심하지 않은 탓이었다. 문 앞에서 미끄러진 그는 비명을 지를 틈도 없이 넘어졌고 뒤통수가 타일 바닥에 그대로 떨어졌다. 땅- 소리가 날 정도로.

죽음이란 이런 것일까? 무의식의 영역으로 빠져버렸다. 아무것도 보이지 않고 들리지도 않았다. 우주 공간의 암흑 속에 내던져진 기분으로 허우적댈 뿐이었다. 그런 시간이 얼마나 지났을까?

"재호야! 이재호!"

엄마와 누나의 목소리가 중력처럼 그를 잡아당기나 싶더니, 정신이 돌아왔다. 그는 거실 소파에서 눈을 떴다. 다행히 죽지도 다치지도 않았다. 그는 일어나서 똑바로 걸어 식탁에 앉을 수 있었다.

"괜찮아? 왜 사람을 놀래키니?"

나무라듯 말하는 누나를 보자 어이가 없었다.

"누나. 내가 왜 넘어졌는지 몰라? 누나가 또 이것저것 바르다가 흘려서 화장실 바닥이 미끄러웠다고!"

"헐! 진짜 어이없네. 니가 조심했어야지!"

"진짜 뒷정리 좀 제대로 해! 아니면 오일은 방에서 바르던가! 아니, 어차피 거칠거칠한 피부에 오일은 왜 발라? 돈 아깝게?"

"이게 진짜 죽고 싶어?"

누나가 코를 푼 휴지를 던졌고 재호는 잽싸게 피했다.

남매의 티격태격을 지켜보던 엄마가 한 마디로 나지막이 일갈했다.

　"똑같은 것들끼리."

　엄마는 리모컨을 들어 TV를 켰다. 자로 잰 듯 가르마를 정확하게 탄 남자 앵커가 심각한 얼굴로 뉴스를 전하고 있었다.

　"미국과 러시아, 또 중국까지 가세한 신냉전 체제가 가속화되고 있습니다. 시리아에서 최고조에 달한 갈등의 무대가 다른 중동지역으로까지 옮겨가는 모양새여서 우리로서는 우려하지 않을 수 없는..."

　뉴스를 보던 엄마가 혀를 끌끌 찼다.

　"저것들 저러다가 전쟁 내는 거 아냐?"

　"전쟁 안 나. 요즘은 핵전쟁이라서 전쟁 나면 다 죽어."

　누나가 알은척을 했지만 재호는 신경도 쓰지 않았다. 용돈이 다 떨어졌는데, 당장 알바를 구해야 하는 대학생 주제에 신냉전이니 핵전쟁이니 뜬구름 잡는 소리는 신경 쓰고 싶지 않았다. 대신 부지런히 수저를 놀렸다.

　얼른 먹고 학교 가야지. 1교시에 전공 수업이다. 아침마다 발기하는 스무 살 청춘의 페니스처럼 써먹을 데 없어 보이는 전공이지만, 학점이라도 잘 따놔야지.

아침을 먹고 후다닥 등교 준비를 하고 집을 나섰다. 늘 하던 대로 엘리베이터 안에서 이어폰을 꽂고 뮤직 스타트. 아침에는 기분을 끌어올리려고 신나는 노래를 주로 골랐다. 오늘은 요절한 천재 DJ 아비치의 노래, '프렌드 오브 마인(Friend of Mine)'.

희망으로 가득한 이 노래를 발표할 때 아비치는 알았을까? 1년도 안 되어 세상을 떠나게 될 줄을?

탄탄한 비트가 흘러나오고 얼마 안 있어서 엘리베이터 문이 열렸다. 밖으로 나가려던 재호는 기겁하며 소리를 질렀다.

"으악! 뭐야!"

검은 개 한 마리가 엘리베이터 안으로 고개를 들이밀고 짖고 있었다. 자칫하면 물릴 뻔했다. 씨발 욕이 절로 나왔다.

"아휴 얘가 오늘 왜 이러지? 찡코야! 가만있어!"

40대 후반 정도로 보이는 개 주인은 사과를 하는 둥 마는 둥 하고 말았다. 그 모습이 아침에 본 누나의 뻔뻔한 모습과 겹쳐지면서, 재호는 폭발하고 말았다.

"저기요. 이렇게 성질 사나운 개는 입마개 해야 하는 거 아니에요? 목줄도 하나마나 느슨하게 잡으시고, 저 물리면 어떻게 하실 거예요?"

"아이구 유난 떤다, 어린 학생이."

"네? 유난이요? 지난번에 연예인이 키우던 개가 사람 물어서 결국 죽은 뉴스 못 보셨어요?"

"우리 애는 안 물어요. 짖기만 요란하게 짖지."

더 얘기해봤자 스트레스만 받겠다 싶어 재호는 그냥 아파트를 나왔다. 찡코인지 짱코인지 개 짖는 소리가 살기등등하게 울렸다.

"저 개새끼가 사람을 문다는 데 내 오른 손목을 걸지."

재호는 영화 대사를 따라 하며 걸음을 옮겼다.

캠퍼스 정문을 통과하면서 문득 이런 생각이 들었다.

오늘 아침에만 두 번이나 죽을 뻔했네.

내가 죽으면 이 세상엔 어떤 변화가 생길까? 가족들은 슬퍼하겠지? 친구들은? 몇 명이나 눈물을 흘려줄까?

슬퍼졌다. 날카로운 슬픔이 아닌, 묵직한 슬픔이었다.

어린 시절의 그는 조용한 아이였다. 즉, 존재감 없는 아이였다. 그 아이는 자라서 존재감 없는 고등학생이 되었고, 이제 존재감 없는 대학에 다니는 존재감 없는 대학생이 되었다. 존재감 없는 월급쟁이로 살다가 아예 투명 인간으로 말년을 보내고 생을 마감할 확률이 백 프로. 양쪽 손목을 다 걸어도 좋다.

강의실에 앉을 때까지 우울한 생각은 계속되었다. 강의실에 앉아 있는 다른 친구들도 존재감 없기는 마찬가지다. 인서울과 지잡대의 경계쯤에 있는 애매한 대학의 영어영문학과를 졸업해서 뭘

할 수 있을까? 이 강의실에서 존재감을 발휘하는 사람은 딱 세 명이다.

한 명은 나쁜 쪽으로 존재감이 대단하다. 김상철. 재호보다는 다섯 살이나 더 많은 복학생 형인데 목덜미까지 뻗은 문신부터가 심상치 않다. 커다란 덩치에 다혈질인 성격, 입도 거칠었다. 조폭이라는 소문도 돌았다. 학교에 스포츠카를 끌고 다니는 거로도 유명했다.

악의 기운을 몰고 다니는 상철과 정반대의 기운을 가진 존재, 지희수. 새하얀 얼굴에 인형처럼 크고 맑은 눈, 가녀린 몸매와 어딘가 아픔이 있는 것 같은 분위기까지. 희수가 영문학과에서 제일 예쁘다는 사실은 남학생 여학생을 가리지 않고 정설로 받아들여졌다.

안타까운 사실은, 상철이 학기 초부터 희수를 집적거려왔다는 것. 다들 불쾌하게 생각하면서도 상철을 가로막을 만큼 용기 있는 사람은 없었다. 재호도 마찬가지였다. 더욱 안타까운 사실은... 재호는 희수를 좋아했다. 강의 시간에 그녀를 훔쳐보는 일이 그의 하루 중에서 가장 행복한 시간이었다.

학생은 아니지만 이선민 교수의 존재감이야말로 진정으로 대단했다. 별 볼 일 없는 대학이 늘 그렇듯 이 학교는 학생들 못지않게 교수들도 한심했다. 대체 저런 멍청한 작자가 어떻게 박사학위를 땄을까 믿어지지 않는 경우가 부지기수. 그러나 이선민 교수는 출신부터가 남달랐다. 아버지가 재력가라고 했다. 학부는 서울대학교를 졸업하고 무려 하버드에서 박사학위를 따고, 의사인 부인과 결혼해 아들딸 하나씩 낳고 수십억짜리 강남 아파트에 사는 사람이었다.

명문대 영문과 교수를 해도 모자랄 것 없는 그가 왜 이런 학교에 있는지 다들 의문을 가진 사람들은 이 설명을 들으면 고개를 끄덕였다. 이 교수의 삼촌이 학교 이사장이었다. 그러니 이 교수는 총장까지 따 놓은 당상이었다. 이 정도면 못생겨야 정상인데 얼굴마저 귀공자처럼 근사했다. 그야말로 금수저, 엄친아, 외계인 스펙의 전형이었다.

"오늘부터 낭만주의 시인들을 한 명씩 만나보기로 하죠. 낭만주의라는 멋들어진 개념부터 설명해야 할 텐데, 대표적인 시인 윌리엄 워즈워스의 표현을 빌려봅시다. 그는 진정한 시를 이렇게 표현..."

여학생들은 연예인 구경하듯 이 교수의 얼굴을 보며 수업을 들었다. 술자리에서 이선민 교수님 같은 남자와 결혼하고 싶다고 말하는 여학생들이 있었는데 재호는 이런 말이 절로 떠올랐다. 문학을 배우면서 주제 파악이 그렇게 안 되냐?

이 교수가 키츠나 바이런 같은 시인의 시라도 읊을 때는 여학생들의 눈에서 꿀이 흐르는 듯했다. 심지어 남학생들조차 자신은 절대 될 수 없는 존재를 흠모하는 눈으로 이 교수를 보곤 했다.

그러나 재호의 시선은 오직 희수만을 향했다. 새카만 머리카락이 흐트러졌다가 다시 모아지는 모습을 넋을 잃고 바라보곤 했다. 언감생심 그녀의 남자친구가 될 생각은 없었다. 그저 이렇게 훔쳐보는 것만으로도 감사했다. 혹여 도와줄 일이라도 생긴다면 더욱 감사할 터였다.

영문학 개론 수업이 끝났다. 재호가 가장 좋아하는 동작이 나올 시간. 수업 시간 내내 큰 움직임이 없던 희수가 교재와 노트를 챙기는 모습을 지켜보았다. 사뿐사뿐하다. 졸음이 솔솔 올 정도로 기분이 좋아졌다.

"오늘 머리 이쁘다?"

재호의 시선을 가로막는 사람은 상철이었다. 그는 희수 옆에 착 붙어서 시시껄렁한 소리를 늘어놓았다. 희수는 적당히 받아준다. 그녀가 매몰차게 상철을 밀어내길 바라지만 이상하게도 그녀는 상철한테 꼼짝 못 하는 눈치였다. 가끔 상철의 손길이 희수의 몸을 스치기라도 할 때면, 속이 상하다 못해 놈을 죽이고 싶었다.

혼자 등교하고 혼자 수업을 듣고 혼자 밥을 먹었다. 언젠가부터 학교 식당에 외지인들이 섞였다. 비교적 싼값에 괜찮은 밥을 먹을 수 있어서였다. 누가 봐도 학생도 교수도 아닌 사람들이 캠퍼스 곳곳에서 밥을 먹고 커피를 마셨다. 당당하게.

재호는 식당 구석 테이블에 식판을 내려놓고 이어폰으로 음악을 들으면서 밥을 먹었다. 저 멀리 역시 혼자 앉아 밥을 먹는 희수가 보였다. 옆에 가서 같이 밥을 먹자고 할까? 백 번쯤 생각해봤지만 용기가 없었다. 드르륵, 핸드폰이 울렸다.

- 이따 술 마실 건데 올래?

친구 동식의 메시지였다. 그나마 연락을 주고받는 유일한 학교 친구. 재호와 마찬가지로 스스로를 찐따라고 부르는 고만고만한 녀석.

- 오늘은 안 되겠다.

술 생각은 났지만 돈이 없어서 거절하려던 재호가 메시지 전송을 취소한 이유. 동식의 두 번째 메시지 때문이었다.

- 희수도 온다는데.

학교 근처의 꼬치구이 집에서 대여섯 명이 어울려 마신 술자리였다. 정말로 희수가 오긴 했지만 상철이 형도 함께 왔다는 게 문제였다. 술기운이 오른 상철은 희수의 손을 함부로 잡았고 머리를 쓰다듬기도 했다. 차라리 오지 말 걸 그랬어. 재호는 울분에 술잔을 들이켰다. 그리고 결국 지옥의 문을 열고 말았다.

남녀 공용 화장실 앞에서 상철이 희수에게 입을 맞추는 장면을 목격했다. 그녀는 반항은커녕 아예 그에게 몸을 맡긴 듯했다. 상철은 히죽거리며 말했다.

"너 나한테 고마워해야 돼."

　　상철에게도 화가 났지만 희수가 더 미웠다. 재호는 아예 술집을 나와 버렸다. 문신으로 덮인 상철의 손이 희수의 가슴을 쥐어짜고 치마 속을 파고드는 장면이 계속 눈앞에 어른거렸다. 실제로 본 장면인지 상상인지 알 수 없었다. 한 가지만은 확실히 안다. 상철은 희수한테 이렇게 말했다.

－ 너 나한테 고마워해야 돼.

뭐지? 뭘 고마워해야 한단 거야?

　　재호의 머릿속은 밤하늘처럼 새카매졌다.

"씨발새끼. 씨발년..."

　　욕을 하면서 달려 봐도 울분은 가라앉지 않았다. 사실 희수의 남자친구도 아니기에 욕을 하는 것도, 울분을 토로하는 것도 부당한 일이라는 생각이 들었지만, 어디 마음이란 놈이 생각처럼 움직여주는 순순한 녀석이던가.

　　지하철을 타고 귀가 아플 정도로 큰 볼륨으로 메탈리카의 음악을 들었다. 그래도 마음이 진정되지 않았다.

전에는 그저 양아치 상철이 형이 희수를 집적대는 정도인 줄 알았는데, 그게 아니었다.

둘은 무슨 사이일까? 사귀는 걸까? 벌써... 잤을까? 씨발... 아까 그 소린 뭐지?

- 너 나한테 고마워해야 돼.

뭘 고마워하란 거야?

씨발... 씨발... 씨발...

수없이 욕을 되뇌다가 고개를 들었다. 늦은 시간 지하철에 드문 드문 앉은 사람들 속에 이상한 광경이 섞여 있었다. 맞은편에 앉은 여자의 머리 위에 숫자 1이 떠 있었다. 말 그대로, '1'이라는 아라비아 숫자가 천사 머리 위 헤일로처럼 둥둥 떠 있었다.

재호는 눈을 감았다가 떴다. 서른쯤 되었을까? 꽃무늬 원피스에 카디건을 걸친 여자의 머리 위 숫자 1은 변함이 없었다. 다른 사람들에게 없는 숫자가 오직 그녀의 머리 위에만 떠 있었다.

그것 때문이었다. 결국 집에서 세 정거장이나 남은 역에서 그녀를 따라 내리고 말았다. 자정을 5분 남긴 시간. 재호는 십여 미터 정도의 거리를 유지하면서 여자의 뒤를 따라갔다. 그런데 얼마 안 있어서 여자의 머리 위 숫자는 1에서 0으로 바뀌었다.

뭐지? 어떻게 된 거야? 내가 미쳤나? 헛 게 보이나? 내 눈에만 보이는 건가?

재호는 당황스러웠고 계속 그녀를 따라가 볼 수밖에 없었다. 대로에서 골목으로 접어들었을 때 결국 그녀가 재호의 존재를 눈치채고 말았다. 힐긋 뒤를 돌아본 그녀는 어느 순간 걸음을 빨리해서 다른 골목으로 접어들었다. 원래 가려던 길이 아니라, 재호를 따돌리기 위해서 길을 바꾼 것 같았다. 재호는 미안해서 걸음을 멈출 수밖에 없었다.

말해줄 걸 그랬나? 치한이 아니라고. 당신 머리 위에 숫자가 떠 있다고. 1이었는데 0으로 바뀌었다고.

그런데 그녀가 뛰다시피 접어든 골목 안에서 비명 소리가 들렸다.

이건 또 뭐지? 강도라도 만났나?

재호는 겁이 덜컥 났다. 더 이상 비명 소리는 들리지 않았다. 쿵쾅쿵쾅 뛰는 가슴을 누르고, 천천히 걸음을 옮겼다. 마침내 골목 앞에 이르렀다. 겨우 용기를 내어 슬쩍 고개를 내밀어보았다. 워낙 어두운 골목이라 잘 보이지 않았지만, 바닥에 쓰러진 여자의 윤곽만큼은 볼 수 있었다.

달빛이 이불처럼 내려앉은 모습이 일견 편안해 보이기까지 해서, 잠시 멍하니 보고만 있다가 정신을 차렸다.

"저기요! 괜찮으세요?"

달려가서 여자를 일으키려던 재호는 놀라서 몸을 떨었다.

쿨럭쿨럭 기침처럼 여자의 몸이 뿜어내는 피가 그의 손을 적셨다.

"으허어억!!!"

재호는 괴성을 지르며 손을 보았다. 타인의 피로 붉게 물든 손.

아 뜨겁다. 피가 원래 이렇게 뜨거운 거야?

여자의 머리 위에 떠 있던 숫자는 사라져 있었다.

태어나서 처음으로 경찰서에서 조서를 썼다. 사건을 맡은 강명철이라는 이름의 형사는 단단한 체구에 담배 냄새를 솔솔 풍기는 사람이었다. 재호는 최초 신고자이자 유일한 목격자로서 수많은 질문에 답해야 했다. 대부분 잘 모르겠다고 말할 수밖에 없었다. 여자를 찌른 사람을 보지도 못했고, 한 번의 비명 소리 외에는 들은 것도 없었다. 그러나 이 질문만큼은 잘 모르겠다고 답할 수가 없었다.

"재호 씨는 어디 가는 길이었죠?"

주소지에서 한참 멀리, 세 정거장이나 먼저 내렸으니 집에 가는 길이라고 할 순 없었다. 거짓말을 했다가 자칫하면 범인으로 몰릴 수도 있다는 생각에 겁도 났다. 어쩔 수 없이 솔직하게 말할 수밖에.

"그 여자를 따라 내렸어요."

심상치 않은 대답에 강 형사의 미간이 찌푸려졌다.

"따라 내려요? 왜요?"

"그게..."

재호는 거짓말로 둘러대다가 의심을 받으니, 미친놈 취급을 받는 게 낫겠다 싶었다.

"숫자가 보여서요."

"숫자?"

사실대로 다 말해버렸다. 그가 보고 겪은 일을.

재호의 설명을 다 들은 강 형사는 한참을 생각하다가 입을 열었다.

"재호 씨가 용의자가 될 수도 있다는 거, 아시죠?"

"제가 죽였으면 신고를 안 했겠죠!"

"네. 그래서 지금 증인 자격으로 조서를 쓰고 있죠. 하지만 그런 말도 안 되는 소리를 하면 자꾸 재호 씨 진술을 의심할 수밖에 없어요. 다시 묻겠습니다. 그 시간에 왜 거길 지나고 있었죠? 어딜 가는 길이었나요?"

"오해를 받더라도 솔직히 말할 수밖에 없어요. 그 여자분 머리 위에 숫자가 떠 있길래 홀린 것처럼 따라갔어요. 사실이에요."

강 형사는 길게 한숨을 쉬고 팔짱을 꼈다. 재호를 노려보는 눈빛이 무척이나 매서웠다.

"아이고 재호야!"

경찰서로 뛰어 들어온 엄마가 재호를 발견하고는 끌어안았다.

"이게 무슨 일이냐? 살인사건이라니?"

재호는 눈물이 날 것만 같았다.

그러게 말이에요 엄마. 단 한 번도 특별한 적이 없었던 내 인생에서 가장 특별한 사건이 하필 살인사건이라니.

집에 오는 길 내내 엄마는 훈계를 거듭했다.

"밤늦게 쓸데없이 술 마시고 돌아다니니까 이런 일에 휘말리는 거야!"

재호는 대답할 힘조차 없었다. 집에 돌아와 샤워하는 내내 아까 목격한 장면들이 눈앞을 스쳤다.

여자의 머리 위에 떠 있던 숫자, 종종걸음을 치며 골목으로 달려간 여자, 그리고 그의 손을 적신 붉은 피...

내가 따라가지 않았더라면 그 여자는 그 골목에 들어가지 않았겠지? 그럼 안 죽었을까? 그렇다면 나 때문에 죽은 건가?

그 숫자는 뭘까? 나한테만 보인 걸까? 그녀에게만 있었던 건가?

설마 내가 살인범으로 몰리지는 않겠지?

자고 나면 괜찮아지겠지? 다 괜찮아지겠지? 그렇겠지?

*

　다시 새로운 하루의 시작. 오늘도 세상은 멸망하지 않았다. 그 사실을 알려주는 핸드폰 알람 소리와 함께 재호는 눈을 떴다. 어제처럼 아침 일곱 시 이십 분. 어제와는 다르게 페니스는 발기되어 있지 않았다.

　새벽 늦게까지 잠을 못 이뤘던 탓인지 거울 속 얼굴은 몹시 푸석푸석했다. 화장실 바닥에서 미끄러지지 않게 조심하고, 엘리베이터에 개가 뛰어들지는 않나 조심하고, 등교하는 길에는 사람들 머리에 숫자가 떠 있지는 않나 살폈다.

　강의 시간이 되고, 저만치 옆에 앉은 희수의 얼굴을 보자 또 다른 시름이 밀려왔다. 이제 그녀는 훔쳐보는 것만으로도 그의 마음을 달래주던 여신이 아니었다. 오히려 그 반대. 그녀의 얼굴을 보자 더 괴로워졌다. 상철이 형의 여자가 아닌가. 여자친구인지, 그냥 희롱의 대상인지는 모르겠지만 그녀가 아무 저항 없이 그를 받아들이는 것만은 분명하다.

　게다가 상철이 형이 남긴 알 수 없는 한 마디.

　- 너 나한테 고마워해야 돼.

　이게 다 뭐냐고!

　수많은 물음표들이 쌓이고 또 쌓여 질식할 것만 같았다.

그래도 살겠다고 배가 고파졌고 재호는 또 혼자 학생식당으로 향했다.

"하아..."

재호의 입에서 절로 탄식이 나왔다. 배식을 해주는 아주머니 한 분의 머리 위에 숫자가 떠 있었다. 이번에는 2.

끝나지 않았다. 이제 시작이었다. 재호는 멍하니 아주머니를 보다가 밥도 안 먹고 식당을 나와 버렸다.

뭘까? 저 숫자의 정체는? 어젯밤에 죽은 여자의 머리에 떠 있던 1이라는 숫자는 죽기 전에 0으로 바뀌었는데, 아줌마 머리에는 2가 있다. 무슨 의미일까? 설마...

정신 나간 사람처럼 캠퍼스를 방황하고 있는데 누군가 어깨를 툭 쳤다. 뒤를 돌아본 재호는 눈을 의심했다. 희수가 서 있었다. 겁이 날 정도로 예쁜 미소를 짓고. 재호가 아무 말도 못 하고 서 있자 희수가 물었다.

"어디 가?"

"어? 어... 그냥 좀 걸었어."

"엄청 바쁘게 가는 거 같던데?"

"아... 그랬나? 보고 있었어?"

"왜? 나는 너 보면 안 돼? 너는 매일 나 보잖아."

재호는 속이 뜨끔해서 입이 닫혔다.

몰래 훔쳐봤다고 생각했는데 들켰던 건가?

"이재호."

"어?"

"너 나 좋아해?"

"아..."

상상도 하지 못했다. 희수가 그를 불러 세우는 날이 올 줄은. 그리고 이런 대화를 하게 될 줄은.

"나 좋아하지 마."

좋아하지 말라고? 왜? 상철이 형이랑 사귀어서?

혼란스러운 재호는 이렇게 중얼거렸다.

"알아. 넌 나 안 좋아하는 거."

"그런 게 아니라. 하여튼 그런 게 있어."

뭐지? 이 대답은? 날 싫어하지 않는다는 말인가? 그렇다면 역시 희수는 상철이 형이랑...

재호의 짐작을 확인시켜주기라도 하듯 쿵쿵 음악 소리가 가까워졌다. 지붕을 오픈한 상철의 빨간색 머스탱이 미끄러지듯 다가와 멈춰 섰다.

"어이 재호!"

상철은 담배를 든 손을 차 문밖으로 늘어뜨리고 인사했다. 재호도 얼떨결에 꾸벅 인사했다.

"안녕하세요 형?"

상철은 재호와 희수를 번갈아 보다가 물었다.

"둘이 친했어?"

재호도 희수도 대답을 못 하고 있자 상철은 의미심장한 눈빛으로 재호를 보았다. 입가에 비열한 미소가 걸려 있었다.

"좋냐?"

"네? 뭐가요?"

"존만한 새끼가..."

상철은 코웃음을 치고는 희수를 불렀다.

"뭐해. 타."

희수는 순순히 조수석에 탔다.

"또 보자 호우호우 재호!"

상철은 랩을 하듯이 인사하고는 가속페달을 밟았다. 재호뿐 아니라 다른 학생들도 지켜보는 가운데, 빨간 머스탱은 요란한 엔진 소리만 남기고 멀어졌다.

"찐따 새끼. 뭐 하냐?"

뒤에서 헤드락을 거는 사람은 동식이었다. 재호는 동식을 밀쳤다.

"비켜 새끼야."

"희수랑 상철이 형이랑 사귄다며?"

"누가 그래?"

"소문 다 났는데 뭐. 민석이가 봤대. 상철이 형 오피스텔에서 희수가 나오는 거."

그랬구나. 역시 그랬어.

"너 지희수 좋아하지?"

재호는 긍정도 부정도 하지 않았다.

"술이나 마시자."

"됐어."

"이 새끼, 지희수 없으면 술도 안 먹냐?"

또 헤드락을 거는 동식이었다. 정말 귀찮은 녀석이었다.

"동식아."

재호는 정색하고 이름을 불렀다.

"왜?"

"너 혹시 사람들 머리 위에 숫자 뜬 거 본 적 있냐?"

"응? 머리 위에 숫자? 그게 뭔 소리야?"

"어제부터 사람들 머리 위에 숫자가 뜬 모습이 보여."

"이 새끼가 실연당하더니 실성했나."

동식이 다시 헤드락을 걸었다. 재호는 겨우 뿌리치고 학교에서 나왔다. 교양과목 수업이 오후에 있었지만 도저히 수업을 들을 정신이 아니었다.

발길이 향한 곳은 어젯밤 그 골목이었다. 낮에 보니 이런 곳에서 어떻게 사람이 칼에 찔려 죽었나 싶을 정도로 흔한 주택가 골목이었다. 하지만 아직 바닥에 선명한 핏자국과 그 주위를 둘러싼 노란색 폴리스 라인이 분명히 말해주고 있었다.

여기서 사람이 죽었다고.

재호는 어젯밤에 만났던 강 형사에게 전화를 걸었다. 그의 번호를 저장했는지 강 형사가 바로 인사를 했다.

"어, 재호 학생."

"저기..."

재호는 쉽게 말이 안 나왔다.

"왜? 자수하려고?"

진담인지 농담인지 알 수 없는 강 형사의 말에 재호는 더욱 얼어붙어 버렸다.

"편하게 얘기해. 왜 전화했어?"

"혹시 범인이 잡혔나요?"

"아직. 원한 관계인 것 같지는 않고, 주변 부랑자나 동종범죄 전과자들 찾고 있어. 근처에 CCTV도 확보해서 뒤지는 중이고."

"네. 알겠습니다."

"정신 좀 차렸어? 어제는 헛소리 많이 하더만."

"헛소리요?"

"숫자가 어쩌고저쩌고. 아직도 보이냐?"

재호는 차마 말하지 못했다. 확인할 게 몇 가지 있었다.

*

숙자는 계단을 오를 때는 왼쪽 무릎을 손으로 짚어야 했다. 아무리 병원을 다녀도 낫지 않는 무릎 통증은 손으로 눌러주면 잠시나마 숨을 죽였다. 아직 환갑도 안 된 나이에 절뚝거리는 모습을 보이기 싫고 인공관절 수술도 미뤘다. 고통보다 돈이 더 무서웠다. 그나마 평지는 좀 천천히 걸으면 통증이 덜했다. 그래서 늘 횡단보도는 꼴찌였다. 똑같이 출발해도 다른 사람들이 다 걸어간 다음에 마지막으로 건널 수 있었다.

그날도 그랬다. 학교 식당 일이 다 끝나고 집이 있는 의정부까지 오면 밤 열 시가 조금 넘었다. 다른 날과 다른 점이 있었다면, 하필 가로등이 고장 나서 근처가 어두웠고, 그날따라 남들보다 늦게 출발한 그녀가 아스팔트와 비슷한 색의 옷을 입었고, 갑자기 끔찍한 무릎 통증이 찾아와 중간에 꼼짝도 못 하고 횡단보도 중간에 멈춰버린 것이었다. 그사이 신호가 바뀌었다.

"꺄아아아악!"

비명 소리는 숙자가 아니라 주변에서 그녀를 본 사람들이 내질렀다. 파란 신호를 보고 달려온 8톤 트럭이 전혀 속도를 줄이지 못한 채 그녀를 받아버렸다. 그녀는 아예 도로가 아닌 인도까지 날아갔다. 트럭에 치이는 순간에 허리는 이미 부러졌고 다리도 한쪽이 너덜너덜해져 버렸다. 자기 키보다 몇 배의 높이로 떴다가 바닥에 머리부터 떨어지면서 뇌도 기능을 정지했다. 아직 죽지 않은 것이 놀라울 정도였다.

   또 하루가 지났다. 재호는 등교할 때 사람들을 훑어보는 게 습관이 되었다. 숫자가 머리에 뜬 사람이 있나 없나... 한 명 있었다. 지하철역에서 학교로 걸어가는 길에 숫자 1이 머리에 뜬 사람이 재호의 곁을 스쳐 갔다.

   마음이 조급해졌다. 그는 점심시간이 되기만을 기다렸다가 바로 학교식당으로 달려갔다. 주방 안쪽을 살펴보았지만 어제 본 아줌마가 보이지 않았다. 다른 아줌마에게 물어보았다.

"혹시 어제까지 나오시다가 갑자기 안 나오시는 아주머니 모르세요?"

"응? 그게 무슨 소리야? 누구?"

   질문을 받은 아줌마는 모르겠다는 표정이었는데 옆에 있던 다른 아줌마가 대답해주었다.

"숙자 씨 말하는구나. 오늘 안 나왔길래 전화를 해봤더니 어제 교통사고가 나서 못 온대. 사고가 꽤 크게 난 모양이던데? 왜?

아는 사람이야?"

사고가 크게 났다고? 역시... 숫자의 의미는 그거였나?

다리가 후들거리기 시작했다.

남숙자 씨의 번호를 받아서 연락해보았다. 남편이 전화를 받았는데 목소리에서부터 경황이 없는 게 느껴졌다. 대충 둘러대고 병원을 알아낸 뒤 바로 병원으로 향했다. 5층 중환자실로 올라가 남숙자라는 이름이 있는 6인실 병실로 들어갔다.

삑삑- 생명유지 장치들이 내는 전자음이 이 공간의 의미를 설명해주고 있었다. 생사를 넘나드는 사람들이 누워있는 곳. 어쩌면 이승과 저승의 경계.

재호는 병상에 누운 환자들을 보았다. 각종 사고, 노환, 질병 등등 제각각의 이유로 죽음을 목전에 둔 사람들 머리 위에 숫자가 떠 있었다. 이제는 그 의미를 아는 숫자. 살날이 사흘 남은 사람의 머리 위엔 3이, 이틀 남은 사람에겐 2, 하루밖에 남지 않은 사람에겐 1이 떠 있었다. 그리고 24시간 안에 죽을 사람의 머리 위에는 0이라는 숫자가 떠 있었다.

남숙자 아주머니를 찾았다. 얼마나 큰 사고였는지, 다리 한쪽을 절단한 채 온몸이 붕대투성이로 누워있는 그녀의 숫자는 1. 어제는 분명히 2였던 숫자가 하나 줄어들었다.

내일은 0이 되고, 그녀는 죽겠지.

나는 이제 어쩌지?

*

다음날. 남숙자 씨를 위해 재호가 할 수 있는 일이라고는 고작 영안실을 찾아가 국화꽃 한 송이를 바치고 절을 올리는 정도였다. 인자하게 웃고 있는 그녀의 영정 사진을 보며 속으로 말했다.

전 알고 있었어요. 당신이 죽는다는 사실을요. 하지만 당신을 구하지 못했어요. 죄송합니다.

영안실을 나온 재호는 경찰서로 향했다. 강 형사를 찾아가 바로 용건을 꺼냈다. 그가 알아낸 숫자의 비밀을.

"흐음..."

조용한 취조실에서 설명을 들은 강 형사는 스마트폰을 휙휙 돌리다가 탁 내려놓았다.

"재호 학생. 영문과라고 했지?"

"네."

"소설을 너무 많이 봤네."

"형사님! 사람 목숨이 달린 문제에요!"

"니 목숨이나 걱정하세요. 아현동 골목길 살인사건, 용의자 안 나오면 니가 범인으로 몰리게 생겼어 인마."

신기한 일이었다. 별로 겁이 나지 않았다. 며칠 사이 너무 많은 죽음을 봐서일까? 이 세상에서 벌어지는 일들이 예전처럼 또렷하게 느껴지지 않았다. 모든 의미가 뿌옇게 흐려져 다가오는 것 같았다.

"전 떳떳해요."

"그래. 제발 그러길 바란다. 바쁜데 자꾸 전화하고 찾아오고 그러지 마!"

강 형사는 내쫓듯이 재호를 취조실에서 끌고 나왔다.

경찰서 밖으로 나가던 재호의 눈에 두 남자의 모습이 보였다. 다른 형사의 손에 이끌려 들어오는 사람들이었는데, 한 남자는 살집이 좋고 기세등등한 분위기였고, 다른 남자는 잔뜩 겁에 질려 있었다.

"형사님."

재호는 강 형사를 불렀다.

"왜 또!"

"저 사람 머리 위에 숫자가 보여요."

"누구?"

"1이 떠 있네요. 내일 죽겠네요."

강 형사의 시선은 주눅 들어 있는 작은 체구의 남자에게로 향했다.

"아니요. 그 옆에 덩치 큰 아저씨요."

재호는 확신에 차서 말했다.

"백 살까지 살게 생겼는데? 그 옆에 사람이 죽으면 또 모를까. 이제 나가 인마."

강 형사는 더 이상 말을 섞지 않고 재호를 내쫓았다.

어디로 가야 할지 몰랐다. 정처 없이 걷다가 멈춘 곳은 육교 위였다. 저녁 어스름이 깔리는 도로 위로 차들의 행렬이 끝도 없이 이어졌다. 재호는 육교 난간에 몸을 기대고 아래를 내려다보았다. 지나가는 차들 중에 간간이 지붕에 숫자를 이고 달리는 차들이 보였다. 대략 수백 대에 한 대꼴. 숫자는 제각각 달랐다. 3, 2, 1 혹은 0.

내가 죽음의 숫자를 멈출 수 있을까?

재호는 하염없이 육교 아래를 내려다보았다.

*

주연호 씨는 이번 달에도 몸무게가 3킬로그램이나 빠졌다. 170cm가 조금 넘는 키에 몸무게가 60킬로그램 밑으로 떨어진 것이다. 암세포가 점점 득세하자 사라지는 건 근육만이 아니었다.

신경쇠약 증세도 심해지고 있었다.

아이러니하게도 3년 전에 연호 씨에게 돈을 빌려 간 30년 지기 친구 이형식은 여전히 혈색도 실제 건강도 좋았다. 사업에 실패한 뒤 이혼을 하고 혼자 사는 연호 씨와 달리 형식은 아내도 있고 일곱 살 어린 식당 여주인과 연애도 즐겼다.

"형식아. 니 인생에 간섭하고 싶은 생각은 없다. 다만 빌려 간 돈 천이백만 원을 갚으라는 것이다. 나 진짜 백만 원이 급하다. 이러다 내가 죽겠다."

이것이 살날이 얼마 남지 않은 연호 씨의 줄기찬 요구였다. 그러나 형식은 그때마다 먹고 죽으려도 돈이 없다며 기다리라는 말만 했다. 결국 화가 폭발한 연호 씨가 형식을 때렸고, 덩치가 훨씬 컸던 형식이 연호를 몇 배로 더 때리는 사단이 벌어지고 경찰서에 가서 각서까지 쓰고서야 돈을 갚겠다는 약속을 받을 수 있었다.

그리고 바로 각자 집으로 돌아갔으면 아무 문제가 없었을 텐데. 하필 마음 약한 연호 씨가 저녁이나 먹고 들어가자고 했고, 둘은 김치찌개를 반주 삼아 소주를 마셨다. 잠깐 통화하겠다며 밖에 나가서 여자친구와 전화를 하는 형식의 목소리가 화장실에서 들린 것이 화근이었다. 연호 씨는 소변을 보면서 눈물을 흘렸다.

"각서야 썼지 씨발. 그 병신 같은 새끼가 하도 지랄을 해서. 야. 안 줘도 돼. 어차피 곧 죽을 새낀데 뭐. 돈 받아서 딸내미 뭘 사준

대나 뭐래나. 됐다 그래. 자기 지금 잠깐 볼까? 대림모텔에서 기다 릴게."

형식의 음성은 너무나도 또렷이 들렸다.

그랬구나. 그랬구나...

얼이 빠진 채 화장실에서 나온 연호 씨는 마침 주방이 비어있는 것을 보았다. 그는 주방에서 칼을 들고 식당 밖으로 나왔다. 형식은 아직도 통화 중이었다. 낄낄대는 소리는 물론이고, 핸드폰 밖으로 여자 친구의 애교 넘치는 웃음소리까지 흘러나왔다. 간암 투병으로 쇠약해진 몸에 남아있는 힘을 모두 끌어모아 칼을 내리찍었다.

"으... 으윽..."

목에 칼이 꽂힌 형식은 뒤돌아보지도 못하고 무릎을 꿇더니 쓰러졌다. 대동맥까지 잘린 자상 밖으로 펌프질을 하듯 피가 쭉쭉 솟구쳤다. 돼지와 비슷한 괴이한 신음을 흘리며 버둥대는 형식 앞에 선 연호 씨는 목에서 칼을 뽑아주었다. 그리고 어쩌면 진작 했어야 할 말을 했다.

"형식아. 이제 돈 안 갚아도 돼."

그는 다시 칼을 높이 치켜들었다.

평소에도 열심히 공부하는 편은 아니었지만 죽음의 숫자가 보이기 시작한 후, 재호는 도저히 공부에 정신을 집중할 수 없었다. 지루한 학교생활의 유일한 낙이었던 희수는 이제 고통을 안겨주는 존재가 되었다. 상철은 지독한 열패감을 안겨주는 존재였고, 상철 같은 양아치에게 열패감을 느낀다는 사실 자체가 더욱 그를 괴롭게 만들었다. 그는 더 이상 희수를 훔쳐보지 않았다.

강 형사에게 전화가 온 건 오후 강의까지 다 듣고 막 학교를 나가려던 참이었다.

"나 좀 보자."

"왜요? 체포하실 건가요?"

자조적인 농담을 했지만 강 형사는 웃지 않았다.

"와 보면 알아."

재호는 무슨 일이 생겨도 놀라지 말자며 스스로를 다독이며 경찰서로 들어섰다. 강 형사는 그를 취조실로 데려간 뒤 몇 장의 사진을 보여주었다. 난도질을 당한 시체의 사진이었다. 재호는 얼굴을 확인하지 않아도 누군지 알 것 같았다.

강 형사는 전에 없던 진지한 얼굴로 재호를 응시했다.

"니가 한눈에 봐도 골골해 보이는 주연호를 보고 죽을 것 같다고 했으면, 그냥 신경도 안 썼을 거야. 그런데 기세등등한 이형식을 보고 죽을 것 같다고 했단 말이지. 게다가 날짜까지 맞춰서.

어떻게 안 거냐?"

"말씀드렸잖아요. 숫자가 보인다고."

그 말에 강 형사는 자신을 손으로 가리켰다.

"그럼 나는 며칠 남았냐?"

"3일은 더 사시겠네요. 숫자가 안 보이니까."

"너, 정말이냐?"

"저 농담 잘 못해요."

"원래 신기가 있었어? 무당 집안?"

"아니요. 찐따끼가 있었죠."

강 형사는 땅이 꺼지게 한숨을 쉬었다.

"널 믿어야 하나 말아야 하나 모르겠다."

"세상에는 직접 보기 전에는 도저히 믿을 수 없는 일들이 있잖아요. 형사님은 아직 직접 못 보셨으니까, 못 믿으시는 게 당연해요."

재호는 시체 사진으로 시선을 옮겼다. 취조실의 불빛이 형식의 시체 위로 어른거렸다.

어제 이 남자를 가둬두었다면, 구할 수 있었을까?

경찰서를 나온 재호는 집으로 돌아가지 못했다. 버스를 타고, 지하철을 타고, 잘 알지 못하는 동네를 하염없이 걸었다. 아는 사람을 마주칠 일 없는 낯선 유흥가에서 혼자 술을 마실 생각이었다.

역삼동 안쪽으로 온갖 종류의 술집이 끝도 없이 이어진 골목에서 걸음을 멈췄다.

혼자 술집에 들어가기가 쉽지 않았다. 밥은 매일 혼자 먹으면서도 술을 혼자 마신 적은 없었다. 스물한 살은 혼자 술 마시기 너무 어린 나이일까?

지하에 룸살롱이 있는 건물 1층의 순댓국집을 인생 첫 혼술 장소로 정했다. 가게로 막 들어가려는데 옆으로 검은색 카니발 한 대가 멈춰 섰다. 창문까지 짙게 선팅이 되어있는 차에서 여자들이 줄줄이 내렸다. 유흥업소의 생리를 잘 모르는 재호도 직감적으로 알 수 있었다. 지하의 룸살롱에 일하러 온 소위 '나가요' 언니들이라는 것을.

처음 보는 광경에 빼앗겼던 시선을 돌리려는 찰나, 그는 꼼짝없이 굳어버렸다. 술집 아가씨들 사이에 아는 얼굴이 있었다. 희수였다.

"어..."

재호의 입에서 신음이 흘러나왔다. 다른 아가씨들과 함께 룸살롱으로 들어가려던 희수와 눈이 마주쳤다. 그녀 역시 순식간에 얼어붙어 버렸다.

희수야. 니가 거기서 왜 나와?

재호는 묻지 못했다. 도무지 어떻게 맞춰야 할지 알 수 없었던,

상철과 희수의 관계를 둘러싼 퍼즐들이 맞아 들어가는 것 같았다. 적어도 희수가 왜 이런 말을 했는지는 확실히 알겠다.

- 나 좋아하지 마.

스물한 살에 처음 마신 혼술은 너무나도 썼다. 주량인 소주 한 병을 훌쩍 넘게 마시는 동안 가슴에 금이 가는 기분이었다.

바로 이 아래 지하에 희수가 있다. 술을 팔고 웃음을 팔고... 다른 것도 팔고 있을까?

괴로운 생각이 마음의 벽을 꿍꿍 때렸다. 핸드폰을 꺼내 몇 번이나 메시지를 썼다 지웠다.

결국 거나하게 취해 집으로 돌아왔다. 엄마와 누나가 TV를 보며 족발을 먹고 있었다. 둘은 재호를 보자마자 말 화살을 쏘아댔다.

"이재호. 너 술 마셨니?"

"늦게 다니지 말라니까! 지난번에 그런 일에 휘말려놓고서도 쟤가 저런다!"

"일루 와서 먹어. 족발로 해장해."

"요 앞에 새로 생긴 집인데, 맛이 괜찮다 야."

지긋지긋하던 잔소리와 수다가 듣기 싫지 않았다. 눈물이 날 것 같았다. 가족들과 티격태격 시시하게 지내던 하루하루가 얼마나 소중한 시간인지 절절히 깨달았다.

다시 돌아갈 수 있을까? 예전의 소소한 삶으로?

TV 음악프로그램에 출연한 아이돌 가수의 머리 위에 3자가 떠 있었다. 누나가 제일 좋아하는 가수다. 저렇게 젊고 찬란한 청춘이 왜 사흘 뒤에 죽는 걸까? 자살일까? 교통사고일까? 재호는 누나에게 중얼거리듯 한 마디 남기고 방에 들어갔다.

"쟤 너무 좋아하지 마."

*

중간고사를 앞두고 영문학 개론 시간은 열기를 띠기 시작했다. 위대한 시인들의 시와 정신을 소개할 때면 이선민 교수의 얼굴에 소년 같은 설렘이 번졌다.

"길지 않은 삶을 살고 간 시인 존 키츠는 인생 자체가 한 편의 낭만주의 시와도 같았지. 그는 사랑과 인생의 정수가 무엇일까 하는 질문에 천착했어. 이 구절을 보자. 아름다움이 곧 진실이며, 진실이 곧 아름다움이다."

우리나라도 아니고 영국이란 나라에서 몇백 년 전에 살았던 시인에 대해 내가 왜 알아야 하는지, 재호는 냉소 어린 낙서를 하면서 강의 시간을 보냈다. 가끔 고개 들어 이선민 교수의 들뜬 얼굴을 볼 때면 이런 반발심도 들었다.

당신 같은 금수저, 팔자 좋은 인간들한테 사랑 타령하는 낭만주의 시는 딱이겠네요. 전 당장 다음 주부터 편의점 아르바이트를 시작해요. 좋아하던 여자애가 술집에 접대부로 나간다는 사실을 알아버렸고요. 그것만 해도 힘든데, 제 눈엔 사람이 죽을 날짜가 보인다고요. 전혀 낭만적이지 않죠?

희수는 아예 수업에 들어오지 않았다.

술집 앞에서 나랑 마주쳐서일까? 내가 그 정도 영향을 주는 존재는 되는 건가?

이선민 교수가 낭랑한 목소리로 바이런의 시를 막 읽기 시작했을 때, 메시지 한 통이 도착했다.

- 이따 술 한잔할래?

편의점 앞의 파라솔에서 희수를 마주했다. 네 캔에 만 원 맥주 캔을 올려두고, 안주는 편의점 치킨과 꼬북칩 한 봉지. 살짝 쌀쌀한 날씨였지만 술을 마시자 금방 몸이 더워졌다.

희수는 어제 본 모습과는 완전히 다른 분위기였다. 짙은 화장도, 지나치게 짧은 치마도 아닌, 청바지에 후드티. 보통 학교에서 보던 옷차림보다도 훨씬 더 수수했다. 얼굴에 화장기조차 없어서 고등학생이라고 해도 믿을 것 같았다. 그래서인지 편의점에서 술을 살 때 종업원이 신분증을 유심히 들여다보았다.

맥주캔을 하나 다 마실 때까지 둘 다 별말이 없었다. 먼저 입을 연 쪽은 희수였다.

"실망했지?"

"실망인지 아닌지는 모르겠고. 놀랐지."

"상철 오빠하고 그렇게 지내는 걸 보고도 실망했지?"

"그건 좀 그랬어."

"어제 눈치챘겠지만, 그 가게 상철 오빠가 일하는 곳이야."

"그랬구나. 뭔가 연관이 있을 것 같긴 했어."

"내 얘기 좀 들어줄래?"

"내가 들을 자격이 있을까?"

"아직 나 좋아해?"

재호는 대답할 수 없었다. 이렇게 고통스러운 감정을 좋아하는 감정이라고 말할 수 있을까? 너무 아픈데. 누굴 좋아하는 일이 이렇게 큰 고통을 수반한다면 아무도 좋아하고 싶지 않은 심정이었다.

"학교 오자마자 집에 큰일이 생겼어."

희수는 차분한 음성으로 그녀가 겪은 일들을 전해주었다. 그리 놀랍지 않은, 주위에서 보고 들은 적 있는 이야기였다. 원래 가정 형편이 어려웠는데, 시골에 계신 아버지가 뇌출혈로 쓰러지면서 큰돈이 필요했고 은행 빚으로는 모자라 사채까지 쓰게 되었다는 스토리. 조금 다른 점이 있다면 큰돈을 벌 수 있다는 상철의 꾐에 빠져 술집에서 일하게 되었다는 내용이랄까. 그리고 상철의 주선으로 지금 일하는 가게에서도 돈을 빌렸단다.

희수는 울지 않았다. 몸과 마음에 생채기를 남기며 스쳐간 삶의 조각들을 조곤조곤 입에 올릴 뿐이었다.

"지금으로선 술집에 나가는 것 외에 그 돈을 갚을 방법이 안 보여. 이자도 너무 빨리 붙고. 말 그대로 어쩔 수가 없어."

재호는 물어보고 싶은 것들이 많았지만 입조차 열 수 없었다.

상철이 형하고 잤나? 술집에서 흔히 말하는 2차도 나가는 거니?

고작 그런 것들이었다.

"왜 말이 없어?"

"무슨 말을 해야 할지 모르겠어. 위로를 해주고 싶은데…"

"이야기를 들어주는 것만 해도 위로야."

"거기서 일하면… 돈은 다 갚을 수 있어?"

희수는 천천히 고개를 끄덕였지만 그녀의 표정에서 알 수 있었다. 그녀도 확신할 수 없다는 걸.

"진짜 웃긴 게 뭔지 알아?"

희수는 픽 웃으며 말했다.

"내 처지가 이런 주제에, 요즘 니 표정이 너무 어두워 보여서 마음이 아파."

그 말이 재호의 가슴을 쳤다.

"나 때문에 가슴이 아프다고?"

"니가 나 때문에 속이 상한 건지, 다른 이유가 있는 건지는 모르겠지만 요즘 니 표정이 너무 안 좋잖아. 그래서 가슴이 아프다고. 나 때문이기를 바라는 건지, 아니길 바라는 건지... 그것조차 모르겠어."

"너 많이 좋아했어."

"과거형이라서 슬프다."

"어차피 넌 나 같은 건 신경도 안 썼잖아."

"바보."

"왜?"

"니가 나 훔쳐보는 거 알고 난 뒤에 항상 신경 썼어. 더 예쁘게 보이려고."

재호는 자꾸 눈물이 날 것 같았다.

정작 힘든 이야기를 털어놓는 사람은 희수인데, 왜 내가 눈물이...

술집에 그만 나가라는 말이 몇 번이나 혀 위로 굴러 올라왔지만, 차마 꺼낼 수 없었다. 그래서 어쩌려고? 돈이라도 대신 갚아주려고? 무슨 수로?

"나 때문이야? 요즘 표정 안 좋은 거?"

희수의 눈에서 진심을 읽을 수 있었다. 그녀는 진심으로 그를 걱정해주고 있었다. 그 마음만으로도 왠지 뿌듯해졌다.

　하지만 재호는 비밀을 털어놓을 수 없었다. 그저 맥주를 들이켤
뿐이었다.

　그날 밤, 둘은 사이좋게 네 캔씩의 맥주를 마셨다. 술에 취하자
심각한 분위기는 누그러지고 서로 농담도 했다.

　"네 캔에 만원 맥주는 인류 역사상 최고의 발명 같아."

　"나 편의점 알바 할 때 생각난다. 삼각 김밥 날짜 된 거 진짜 많
이 먹었는데."

　"편의점 했었어?"

　"어. 또 알바 시작해야지. 돈도 다 떨어졌어."

　"나도 편의점 알바 해보고 싶었는데."

　"나름 힘들어."

　"새벽은 시급 쎄지?"

　"여자는 위험해."

　"오오, 이재호 지금 나 걱정해주는 거야?"

　"너 은근히 공주병 있네?"

　"이게!"

　투덕거리면서 희수의 집까지 걸어왔다. 반지하 방으로 들어가는
문 앞에서 어색하게 멈춰 섰다. 재호가 작별인사를 하고 가려고

하는데 희수가 농담인지 진담인지 알 수 없는 말을 했다.

"라면 먹고 갈래?"

그날 밤은 비가 왔다. 라면은 희수가 끓여주었다. 별 대화도 없었다. 재호가 한 말이라고는 여자 혼자 사는 방에 처음 들어와 봤다는 말 정도가 고작이었다. 사실이었다. 남자들의 자취방하고는 본질적으로 다른, 뭔가 좀 좋은 냄새가 났다.

라면을 다 먹어갈 때쯤 빗줄기가 거세졌다. 창틈 사이로 들어온 빗소리가 어색하게 마주 보고 있는 둘 사이로 후드득후드득 떨어졌다.

"있잖아."

희수가 어렵게 입을 뗐다. 재호는 조심스러운 이야기가 나올 것임을 직감하고 차분하게 기다렸다.

"니가 생각하는 그런 일은 없었어."

내가 무슨 일을 생각했더라? 그래. 그랬어. 니가 몸을 팔진 않았을까 걱정했어.

희수의 말을 믿을지 말지를 잠시 고민하다가, 믿기로 했다. 그 표시로 고개를 끄덕여 주었다. 그리고 용기 내어 물었다.

"상철이 형하고는 어떤 사이인지 물어봐도 돼?"

희수의 말문이 막혔다. 반질반질 눈물이 고인 그녀의 눈을 보며 대답을 알 수 있었다. 이번에는 내가 생각하는 그런 관계, 남자와 여자로 사귀는 사이가 맞다는 거지?

"상철이 형이 좋아?"

희수는 대답하지 않았다. 대답을 추궁하는 일이 잔인하겠다 싶어, 재호는 헛기침을 하고 일어섰다.

"라면 잘 먹었어. 우산 있으면 빌려줄래?"

"어떡하지? 너무 여자여자 한 우산밖엔 없는데?"

희수의 말은 빈말이 아니었다. 핑크 우산 아니면 하트가 뿅뿅 그려진 우산들 중에서 그나마 덜 소녀 같은 우산을 빌렸다.

"조심해서 가."

"잘 자."

"가서 잘 들어갔다고 톡 남겨줘."

"응. 그럴게."

하나둘 셋, 둘은 서로를 보고 있다가 동시에 서로 손을 흔들어 주었다. 재호는 분홍색 땡땡이 우산을 펼치고 밖으로 나갔다. 비가 한바탕 제대로 쏟아질 모양이었다.

*

팽팽하게 당겨졌던 재호의 마음 어딘가가 느슨해졌다. 동식이가 이런 소릴 할 정도로.

"요즘 아주 죽을상이더니, 좋은 일 있냐? 뭔가 좀 긍정적인 기운이 느껴지는데?"

달라진 건 없었다. 여전히 사흘 안에 죽을 사람들의 머리 위에 숫자가 둥둥 떠다녔고, 희수의 상황도 그대로였다. 그런데 왜 희망의 기운이 생겼는지 머리로는 이유를 알아낼 수 없었다.

강의 시간에 희수를 보는 일도 다시 시작되었다. 다만, 이번에는 혼자 훔쳐보는 식이 아니었다. 희수도 재호에게 시선을 주곤 했고, 눈이 마주치면 괜히 웃음이 나왔다.

그녀를 생각하면 행복하면서 동시에 아팠다. 그녀와 비밀을 나눈 특별한 사이가 된 것은 좋았지만 하필 그 비밀이 끔찍한 것이었다. 대체 얼마나 빚을 진 건지 물어보기조차 겁이 났다. 그럼에도 불구하고 재호는 편의점 아르바이트를 시작했다. 용돈을 아껴써서 얼마를 모으든 간에 그녀에게 도움이 되어주고 싶어서.

왠지 희수는 상철에게 마음이 없는 것 같았다. 어떤 족쇄가 그녀의 목에 채워져 있는지는 모르겠지만, 언젠가는 족쇄를 벗을 수 있을 거라 믿었다. 그날이 오면 우린 연인이 될 수 있을까?

전에 비해 한결 씩씩하게 지내던 어느 날, 재호에게 새로운 시험이 닥쳐왔다. 아침에 등교를 하는 길에 아파트 놀이터를 지나는데 유난히 까르르 웃는 아기가 있었다. 겨우 돌이 지났을까? 막 걸음마를 아장아장 떼며 엄마와 놀고 있는 아이의 작은 머리 위에 숫자가 떠 있었다.

"안 돼..."

탄식이 절로 나왔다. 이제 막 세상에 나온 존재. 아직 살아있다는 기쁨을 채 누리지도 못한 아기에게 죽음이라니. 엄마 아빠는 어떻게 하고? 아무것도 모른 채, 저렇게 아기 얼굴만 봐도 행복해 어쩔 줄을 모르는 저 엄마가 내일 아기의 죽음을 받아들여야 한다고?

안 될 일이야. 막아야 한다. 그런데 어떻게? 난 슈퍼히어로가 아니야. 말해봤자 미친놈 취급을 당할 뿐이라고.

재호는 주먹을 꽉 쥔 채 놀이터를 그냥 지나쳤다.

돌아보지 말자, 돌아보지 말자, 주문처럼 스스로를 다스리면서.

아파트 단지를 나와서 지하철역으로 들어가는 에스컬레이터를 탔다.

잘했어 재호야. 어차피 세상 사람을 다 구할 순 없어. 모두에겐 운명이라는 게 있다고. 죽을 사람은 죽게 내버려 두는 게 옳은 일일 수도 있어.

그러나 방싯방싯 웃던 아기의 얼굴과 엄마의 웃음소리를 떨칠 수가 없었다. 결국 에스컬레이터에서 내리자마자 바로 올라가는 에스컬레이터를 다시 탔다.

"잠시만요!"

사람들을 밀치며 뛰어올라갔다. 있는 힘껏 달려 아파트 단지로 돌아왔다. 놀이터엔 아기와 엄마가 보이지 않았다. 너무 늦은 건가? 초조한 마음과 죄책감이 땀에 녹아 흘렀다.

여기서 멈출 순 없었다. 놀이터에서 이어진 길을 다 가보고, 아파트 상가로 들어갔다. 지하 1층의 마트에서 마침내 아기와 엄마를 볼 수 있었다. 이미 온몸이 땀에 흠뻑 젖은 채로, 재호는 아기 엄마를 막아섰다.

"혹시 아기가 어디 아픈 데는 없나요?"

숨을 헐떡이며 앞을 막은 재호를 보며 아기 엄마는 한 발짝 뒤로 물러섰다.

"누구시죠?"

"미친 사람처럼 들릴지 모르겠지만, 저한테는 특별한 능력이 있어요. 앞으로 일어날 안 좋은 일이 보여요."

"뭐라고요?"

재호는 유모차에 탄 채 젖병을 쪽쪽 빨고 있는 아기를 내려다보았다.

"이 아기한테 내일 안 좋은 일이 생길 수도 있습니다."

그 순간, 짝 소리와 함께 뺨에 불이 났다. 엄마의 손이 날아든 것이다.

"미친놈! 아침부터 별 재수 없는 새끼가!"

마트 안의 손님들이 삼삼오오 모여 재호를 보며 수군거렸다. 창피함도 잊고 재호는 절규했다.

"제발 제 말을 믿어주세요!"

그러나 엄마는 유모차를 밀고 쌩하니 가버렸다.

"제발요..."

재호는 끝까지 그녀의 등 뒤에 호소했다. 거기까지였다.

그날 밤. 그는 신을 저주했다. 신은 그에게 죽음을 보는 능력을 주었지만 죽음을 막는 능력은 주지 않았다. 이럴 거면 차라리 아무 능력도 주지 말지.

저주는 다음 날에도 이어졌다. 전공 수업을 듣는 내내 주먹만 한 머리 위에 죽음의 숫자를 얹은 아기가 떠올랐다. 얼마나 인상을 쓰고 있었는지, 수업이 끝나자 희수가 톡을 보냈다.

- 요즘 웃는 얼굴 좀 본다 싶었는데 왜 또 그래? 무슨 일 있어?

재호는 더 견디지 못하고 그녀를 불러냈다. 편의점에서 캔 커피 두 개를 사서 벤치에 나란히 앉았다.

"니가 어려운 고백 나한테 털어놨으니까, 나도 그러려고."

"잘 생각했어 친구야."

희수가 머리를 쓱쓱 문질러주었다. 재호는 커피를 길게 마신 뒤 그에게 벌어진 일을 설명해주었다. 어제 아기를 본 이야기까지 다 듣고 난 희수는 커다란 눈만 계속 깜박였다.

"이 얘기 또 누구한테 해줬어?"

"강 형사님한테. 그리고 니가 두 번째야. 아, 동식이도 있는데 걘 그냥 농담인 줄 알더라고."

"나도 농담이라고 생각하고 싶다. 그런데 니 눈을 보니까 아닌 거 같아. 그러니까 둘 중 하나라는 거지. 니 말이 사실이거나, 아님 니가 미쳤거나. 어느 쪽도 좋지 않네."

"내 말을 증명할 수 있는 방법이 하나 있어."

"뭔데?"

"이따 학교 끝나고 나하고 어디 좀 갈래?"

"오케이. 확인해보자. 두근두근!"

희수는 캔 커피로 건배를 했다. 아직 그녀가 믿어준 건 아니지만 재호는 처음으로 같은 편이 생긴 기분에 뿌듯해졌다. 그래서 힘차게 건배했다.

멀리서 상철이 그들을 보고 있었다.

그날 오후, 재호는 희수를 병원 중환자실로 데려갔다. 그리고 머리 위에 숫자가 떠 있는 환자들이 언제 죽을지를 예측해주었다.

희수가 보는 데서 환자 이름과 날짜를 메시지로 보내주고는,

"며칠 뒤에 확인해봐. 한 명이라도 틀리면, 나 미친놈 할게."

희수와 헤어져 집으로 오는 길. 좀처럼 큰 소리가 나는 법이 없는 아파트 단지 안이 요란했다. 사람들이 아파트 화단을 둘러싸고 웅성대고 있었고, 잠시 후 응급차가 사이렌을 울리며 달려왔다. 구급대원들 앞에서 오열하며 쓰러지는 여자의 얼굴을 알 것 같았다.

어머니. 그러게 제가 뭐라고 했어요.

그녀가 믿지 않았다. 그녀의 불신을 넘어서지 못한 자신이 미웠다.

정녕, 죽음을 막을 수는 없는 건가?

참담한 심정으로 서 있던 재호의 핸드폰이 울렸다. 그나마 그를 믿어주는 강 형사였다. 그는 재호의 도움이 필요하다며, 예를 갖춰 부탁했다. 그래서 간 경찰서 앞에서 그가 기다리고 있었다.

"들어가기 전에 해줄 말이 있어서."

"하세요."

"60대 아버지가 30대 아들을 신고했어. 아들이 술만 먹으면 행패를 부리는데, 얼마 전부터는 자기를 죽이려고 한다는 거야. 그런데 증거도 없고, 아들은 전과가 없는데 하필 신고한 아버지란

인간은 사기 전과가 9범이야. 그냥 달래서 돌려보내려다가 니 생각이 나서."

"아들이 정말로 아버지를 죽일 건지 봐달라는 거죠?"

"그렇지."

"3일 밖의 일은 몰라요."

"알아. 3일 안에 무슨 일이 생길지라도 좀 봐줘라."

재호는 경찰서 안으로 들어갔다. 다른 일 때문에 온 척하면서.

불쾌한 얼굴의 젊은 남자와 그의 아버지로 보이는 쇠약한 노인이 앉아 있었다. 노인의 머리 위에 2라는 숫자가 둥둥 떠 있었다. 이제 놀랍지도 않았다. 구석으로 강 형사를 데려가서 말해주었다.

"지금 풀어주면, 이틀밖에 못 살겠네요."

강 형사는 믿음이 담긴 얼굴로 고개를 끄덕였다.

경찰서에서 나와 집에 돌아갔을 때는 늦은 저녁이었다. 누나는 오늘 회사에서 야근, 친구와 함께 꽃집을 하는 엄마는 오랜만에 밖에서 저녁을 먹고 들어온다고 했다. 재호는 집에 있는 밑반찬에 참치 캔을 따서 먹었다. TV 소리로 정적을 쫓으며 밥을 먹다가 문득 궁금해졌다.

과연 죽음을 막을 수 있을까? 경찰이 아들을 가두면 아버지의 죽음이 미뤄질까?

생각하지 않으려고 했지만 희수 생각도 났다.

오늘도 술집에 나갔을까? 질 나쁜 손님들에게 희롱은 당하지 않았을까? 그녀는 언제까지 그곳에 나가야 할까?

결국 괴로움이 찾아왔다. 요 며칠 잘 피해왔는데.

설거지로 괴로움을 달랬다.

*

다음 날은 토요일이었다. 하루 종일 편의점 알바가 있는 날이었다. 마포의 오피스텔 건물 1층에 있는 편의점이었는데 직장인들이 위주인 곳이라 주말에는 한적한 편이었다. 가끔 희수하고 메시지를 주고받는 재미로 긴 하루를 견뎠다.

- 오늘도 삼각김밥 많이 먹어써?

- 나 니네 편의점 놀러 가면 컵라면 공짜로 주냐?

어젯밤 괴로운 생각은 그녀의 농담 한마디에 이모티콘 하나에 흔적을 감추었다.

그다음 날인 일요일은 좀 달랐다. 오전에 예고도 없이 그녀가 편의점을 찾아왔다. 재호는 장난스럽게 맞이했지만 희수의 얼굴은 꽤나 심각했다.

"오 지희수! 진짜 왔네. 컵라면 하나 줄게."

"병원에 다녀오는 길이야."

"병원?"

"그저께 너랑 갔던 병원. 중환자실에 들러서 확인해봤어."

재호는 침을 꿀꺽 삼켰다.

"니 말이 다 맞더라. 니가 하루를 못 넘길 거라고 한 환자는 그 저께 죽었고, 내일 죽을 거라고 한 남자는 어제 죽었어. 한 명도 안 틀리고."

"미친놈은 아닌 거지?"

"어쩌다가 그런 능력이 생겼어?"

"모르겠어. 어느 날 갑자기."

희수가 갑자기 재호를 꼭 안아주었다.

"많이 힘들었겠구나."

그녀의 품이 너무 따스해, 눈물이 나려고 했다.

내가 위로를 해줘도 모자랄 판에 위로를 받다니.

그녀는 재호의 등을 몇 번 쓸어준 뒤 포옹을 풀었다. 그리고 방 긋 웃는 얼굴로 말했다.

"나 이제 술집에 안 나가도 될 것 같아."

"뭐라고? 진짜로?"

재호는 정신이 번쩍 들었다.

"응."

"어떻게? 돈이 어디서 생겼어?"

"나중에 말해줄게."

나중에...

"이따 저녁에 만날까?"

"오늘은 어디 다녀올 데가 있고. 내일 학교에서 보자."

다녀오겠다는 곳이 어딘지 너무나도 궁금했지만, 아직 그런 것까지 물어볼 사이는 아닌 것 같아 질문을 삼켰다.

"어쨌든 너무 잘 됐다. 그런 데서 일하는 거 너무 위험하잖아."

"이재호."

그녀가 이렇게 정색하고 이름을 부르면 그물에 사로잡히는 기분이 들었다.

"뭐 하나만 솔직하게 말해주라."

"물어봐. 나야 항상 솔직 담백한 성격이잖아."

희수는 피식 웃고는 눈을 똑바로 보고 물었다.

"내가 더럽다고 생각한 적은 없어?"

아... 재호는 입이 붙어버렸다. 그 사이 담배를 사러 온 손님을 응대하는 동안에도 희수는 편의점 안에 서서 재호를 보고 있었다. 그의 진짜 속마음을 확인하겠다는 눈빛으로. 다시 둘만 남은 편의점 안에서 재호는 숨을 가다듬고 대답했다.

"한 번도 없어."

그녀는 정말이냐고 되묻지 않았다. 이번에는 재호에게 안겼다. 재호는 그녀가 해주었듯 등을 쓸어주었다.

손을 흔들어주고, 희수는 떠났다. 좁은 편의점 안에서 밤이 올 때까지 버텼지만 재호는 날아갈 듯 기뻤다. 그녀가 이제 지하에서 웃음을 팔지 않아도 된다고 생각하니, 다른 건 어떻게 되어도 좋다는 심정이었다.

하루 종일 그녀의 온기가 몸에 감돌았다. 다시 그녀를 안고 싶었다.

*

편의점 알바로 갇혀 있던 주말이 지나가고 월요일이 돌아왔다.

강의가 시작할 때까지 희수의 모습은 보이지 않았다.

왜 안 왔지? 분명히 어제 이렇게 얘기했는데?

- 오늘은 어디 다녀올 데가 있고. 내일 학교에서 보자.

상철의 모습도 보이지 않았다. 심상치 않은 불안감에 공부가 손에 잡히지 않았다. 수업이 끝날 때까지 기다렸다가 재호는 메시지를 남겼다.

- 무슨 일 있어? 왜 안 나왔냐?

그녀는 오후가 되도록 답장을 보지 않았다. 분명히 톡을 봤는데도 답이 없었다. 상철이 형도 계속 나타나지 않았다.

둘 사이에 뭔가 문제가 생긴 걸까?

초조해하던 재호는 몇 번의 메시지를 더 남겼다가 전화를 걸었다. 희수가 전화를 받지 않자, 교양과목 강의를 재끼고 희수의 집으로 달려갔다.

반지하 원룸의 현관문 앞에 서자 두려움이 엄습했다. 한 가지 다행인 사실. 그녀는 무사하다. 이미 알고 있다. 어제 본 그녀의 머리엔 아무 숫자도 안 떠 있었으니까.

재호는 현관문에 귀를 대보았다. 안에서 뭔가 달그락거리는 소리가 들렸다. 그녀가 있다는 사실을 확인한 재호는 벨 대신 문을 두드렸다.

"지희수! 나야. 재호."

잠시 후 태연하게 문이 열렸다. 그런데 희수가 아니라 상철이 형이 나타났다. 문신 가득한 몸에 옷을 걸치지도 않고. 트레이닝복 바지만 입은 그는 담배 연기를 길게 내뿜으며 웃었다.

"이 새끼 봐라?"

형... 형이 어떻게 여기에?

재호의 속마음을 상철이 그대로 물었다.

"니가 여길 어떻게 알고 왔냐?"

"어..."

재호는 말문이 막혔다.

"니네 그렇고 그런 사이냐? 어? 뭐 씨발 예쁜 사랑 하는 거야? 그런 거야?"

그때 희수의 목소리가 들렸다.

"나가요."

한 번도 들어본 적 없는 서늘한 음성이었다. 그녀에게 이런 목소리가 있었나 싶어 놀랄 정도로.

"오케이. 나갈게. 나가면 되잖아."

상철은 의외로 순순히 두 손을 들었다. 그는 다시 집 안으로 들어가 후드티를 걸쳐 입고 나왔다. 그가 왜 옷을 벗고 있었는지, 나쁜 상상을 하지 않으려고 해도 어쩔 수가 없었다. 상철은 집에서 나오면서 재호의 뺨을 꼬집었다.

"우리 재호랑 나랑 아주 특별한 관계였네. 친하게 지내자."

재호는 자기도 모르게 상철의 팔을 '탁' 쳐버렸다. 씨발새끼. 마음 같아서는 죽이고 싶었지만.

상철은 아쭈, 하는 표정으로 씩 웃더니 사라졌다.

재호는 반쯤 열린 현관문을 잡고 서 있었다. 희수는 안에서 그를 보고 있었다. 그녀의 표정은 아예 다른 차원의 세계를 경험하고 온 사람 같았다.

"희수야. 괜찮아?"

그녀는 고개를 끄덕였지만 괜찮은 상태가 아니라는 걸 쉽게 알 수 있었다.

"무슨 일이야?"

재호가 안으로 들어가려고 하자 희수가 막았다.

"제발."

제발?

"혼자 있게 해 줘."

그녀의 눈빛은 절실했다. 재호가 더 이상 말을 걸 수 없을 만큼. 그래서 고작 이렇게 말할 뿐이었다.

"알겠어. 언제든 내가 도울 일이 있으면... 말해줘."

희수는 턱을 파르르 떨며 고개를 끄덕였다. 그 모습에 재호는 가슴이 찢어지는 것 같았다.

너 어제까지만 해도 웃었잖아? 오늘보다 더 나을 내일을 이야기했잖아?

대체 무슨 일이 있었냐고, 그녀를 윽박질러서라도 알아내고 싶었지만...

고통 속에 발길을 돌렸다.

고만고만한 연립주택들이 늘어선 골목을 터벅터벅 걷는데 강 형사의 전화가 왔다. 받을 기분은 아니었지만, 며칠 전에 망나니 아들과 아버지 사건이 생각나서 전화를 받았다. 강 형사는 흥분된 목소리로 말했다.

"재호군. 자네에게 좋은 뉴스가 두 개나 있네?"

"다행이네요."

"먼저 지난번 아현동 골목 살인사건의 용의자가 잡혔다는 소식을 전해주지. 자백까지 했으니까, 이제 재호 군은 용의선상에서 완전히 벗어났어."

"제가 아직까지 용의선상에 있었다는 사실이 충격적이네요."

"두 번째 굿 뉴스. 니가 사람 하나 살렸다."

"네?"

"지난주 금요일에 봤던 그 노인네 말이야. 니가 이틀 남았다고 했지? 그런데 사흘이 지났는데도 아직까지 살아있어."

재호는 기억을 더듬어보았다. 금요일 오후에 머리 위에 2가 떠있었으니, 늦어도 일요일인 어제까지가 마지노선인데.

"아직 살아있다고요?"

"그럼! 내가 그 주폭 아들 녀석을 며칠 유치장에 잡아뒀거든. 좀 억지를 부려서."

재호의 머리가 복잡해졌다. 죽음의 시간을 알 수는 있지만 막을 수는 없다고 생각했는데, 어쩔 수 없는 운명이라고 생각했는데... 죽음을 막을 수도 있다!

"지금은요? 풀어줬어요? 그 아들?"

"계속 가둬놓을 수는 없잖아."

"혹시 그 할아버지 주소 알 수 있어요?"

강 형사에게 연락처를 받은 재호는 바로 달려갔다.

노인은 보광동 골목에서 슈퍼마켓을 하고 있었다. 재호가 도착했을 때는 이미 어두워진 뒤. 불 켜진 슈퍼마켓 카운터에 앉아 한가롭게 TV를 보는 노인의 모습이 똑똑히 눈에 들어왔다. 그의 머리엔 아무것도 없었다.

"됐어! 죽음을 막았어!"

기쁜 나머지 혼잣말이 흘러나왔다.

희수 때문에 마음에 잔뜩 껴버린 먹구름이 조금이나마 걷힌 기분이었다.

재호는 희망의 끈을 잡고 골목을 내려왔다.

잘 될 거야. 희수도 다 잘 될 거야. 나랑 희수도...

자기 세뇌를 하듯 같은 생각을 되풀이하면서 내려오던 재호가 걸음을 멈추었다. 골목 아래쪽에서 낯이 익은 남자가 올라오고 있었다. 슈퍼 할아버지의 아들이었다.

- 아들이 술만 먹으면 행패를 부리는데, 얼마 전부터는 자기를 죽이려고 한다는 거야.

강 형사의 말처럼, 잔뜩 술에 취해 비틀거리는 걸음이었다. 멍하니 서 있는 재호와 눈이 마주친 그는 처음 보는 사이인데도 욕을 쐈붙였다.

"뭘 봐 이 씨부럴 새끼야. 존나 처맞고 뒈지고 싶냐?"

정말로 살기등등한 눈이었다. 재호는 걸음을 돌려 다시 골목을 올라갔다. 그리고 다시 슈퍼 안을 들여다보았다. 할아버지의 머리 위에 아까 없던 숫자가 생겼다. 3.

"하아..."

절망의 신음이 흘러나왔다.

미룰 수는 있지만 아예 막을 순 없는 건가?

잠시나마 반짝했던 희망이 절망의 어둠으로 바뀌었다. 재호는 무거운 마음을 안고 다시 골목을 내려갔다. 아까 멀리서 올라오던 아들의 모습이 보이지 않았다. 대신 혼자 중얼중얼 욕설을 내뱉는 목소리가 골목을 떠돌았다.

재호는 조심스럽게 소리가 나는 곳으로 걸음을 옮겼다. 어두운 골목 안에서도 더 어두운 구석에서 쭈그려 앉은 남자의 모습이 어렴풋이 보였다. 고약한 냄새가 코를 찔렀다.

잠깐만... 만약 저 남자가 사라진다면, 할아버지는 목숨을 구할 수 있을까?

재호의 눈에 큼직한 벽돌 조각이 들어왔다.

누군가 그랬지. 동기가 없다면 완전범죄를 만들 수 있다고. 이 사람은 나하고 완벽한 남남이야. 게다가 자기 아버지마저 겁을 내는 주폭이야. 동네 사람들 중에 원한 가진 사람이 얼마나 많겠어? 시비도 많이 붙었을 거고.

재호는 벽돌을 집어 들고 다가갔다. 남자는 힘을 주다가 욕설을 내뱉다가 침을 뱉다가... 정신이 없었다. 얼마나 퍼마셨는지, 완전히 인사불성이었다.

이런 쓰레기가 죽었다고 슬퍼할 사람 하나 없어. 오히려 공공의 선에 부합하는 일이지. 이놈은 사흘 안에 자기 아버지를 죽일 놈이라고!

남자의 등 뒤로 바짝 다가간 재호는 벽돌을 높이 쳐들었다. 그 순간,

"상구야! 상구야!"

나이 지긋한 노인의 목소리가 들렸다. 재호는 화들짝 놀라 벽돌을 내렸다.

"에이 씨발 노인네... 죽여 버릴까 보다..."

똥을 싸던 주폭 아들이 중얼거렸다.

"상구야! 이놈아! 어디 있냐?"

아버지다. 아버지가 아들을 찾고 있다. 동네 주민으로부터 연락을 받은 것일까? 아들이 취해서 돌아다닌다고? 그래서, 사흘 뒤 자기를 죽일 아들이 혹시 술에 취해 쓰러져 있기라도 할까 봐 찾아 헤매는 것일까?

재호는 벽돌을 집어던지고 골목을 달려 내려갔다. 소리를 지르고 싶었다.

스물한 살. 아 씨발. 세상이 왜 이러냐!

*

다음 날 아침. 재호는 등굣길에 강 형사에게 메시지를 남겼다.

- 이틀 뒤에 아들이 아버지를 죽일 거예요. 어떻게든 막아보세요.

답장은 없었다. 재호가 할 수 있는 건 거기까지였다.

그는 마트에 들러 선글라스를 샀다. 더 이상 남의 죽음을 알고 싶지 않았다. 아예 장님으로 살 순 없지만 흐린 눈으로라도 살고 싶었다. 아무것도 할 수 없다면 아무것도 안 보는 게 나으니까. 지하철에서도, 캠퍼스에서도 선글라스를 끼고 최대한 눈을 아래로 깔고 다녔다.

희수는 오늘도 학교에 나오지 않았다. 중간고사를 이틀 앞두고 이선민 교수는 더욱 강의에 열을 올렸다. 인간의 삶이 얼마나 희열로 가득한지, 사랑의 힘이 얼마나 위대한지 낭만주의 시인들의 언어로 노래했다. 상철이 형은 듣는 둥 마는 둥 하면서도 수업에는 나왔는데 재호와 눈이 마주칠 때면 윙크를 했다. 갓난아기를 떠나보낸 엄마는 어젯밤 아파트 베란다에서 몸을 던졌다.

세상은 온통 아귀가 맞지 않는 블록들이 흩어진 방. 블록을 맞추기는커녕 밟지 않고 걷기조차 힘든 곳이었다.

하루가 더 지나고 재호는 희수의 집을 찾았다. 그녀는 초췌한 모습으로 문을 열어주었다. 살이 많이 빠진 듯했다.

"너 얼굴이 왜 이래. 밥은 챙겨 먹어야지."

"응."

"학교엔 왜 안 나와? 내일부터 중간고사잖아."

"휴학할까 생각 중이야."

재호는 왜냐고 묻지 않았다. 휴학할 이유가 너무 많을 테니까. 그중에 제일 큰 이유를 알아내기 위해 오늘 여기 왔다.

"지희수. 지난 주말에 무슨 일이 있었던 거야?"

희수는 시선을 피했다.

"말하기 힘든 일이라는 생각이 들어서 안 물어보려고 했는데. 니가 걱정돼서 안 되겠어."

희수의 눈빛이 표독스럽게 변했다.

"왜 걱정해? 넌 상관없잖아."

"너를 좋아하니까."

재호는 거침없이 말했다.

"내가 널 좋아하니까 니가 걱정돼."

독이 올랐던 희수의 눈에서 힘이 풀렸다. 그녀의 입술이 파르르 떨렸다.

"나 좋아하지 말라고 했잖아."

"그건 내 맘이야."

"나 더럽혀졌어."

"더러워졌으면 샤워하면 되잖아."

희수의 입가에 미소가 돌아왔다. 정말 오랜만에 보는 미소였다. 동시에 눈에는 눈물이 차올랐다.

"바보야. 그런 게 아니잖아."

"나는 안 더러워? 눈앞에서 사람이 죽어나가는데도 보고만 있는데. 그렇게 병신 같고 무책임한 나는 괜찮고?"

"넌 잘못한 게 없잖아."

"넌 뭘 잘못했는데?"

"너무 많이."

"술집 그만두기로 했다며? 이제 그럼 된 거 아냐?"

"일이 꼬였어."

"어떻게 꼬였는지 얘기해 보라고. 나 들을 자격이 없는 거냐?"

"그런 게 아니야. 재호야."

"그런데 왜 자꾸 말을 빙빙 돌려?"

"니가 다 알아버리면... 날 떠날까 봐. 그럼 난 혼자가 되어버리니까. 넌 나의 유일한 친구야."

"그렇게 날 못 믿냐? 어떻게 해야 믿을래? 우정 계약서라도 쓸까? 널 안 떠나겠다고?"

한참 망설이던 희수의 눈에서 눈물이 툭 떨어졌다. 재호는 닦아주지 않았다. 그녀는 자기 손으로 눈물을 닦고 입을 열었다.

"상철 오빠가 먼저 제안을 했어. 자기가 신경 써야 할 자리가 있는데 몇 번만 나가주면 빚을 면제해주겠다는 거야."

"빚이 얼만데?"

"이자까지 삼천."

"그걸 다 면제해주겠다고?"

"응. 딱 세 번만 나가래."

"그런 게 어딨어."

"내가 못 믿겠다니까 각서까지 썼어. 그래도 못 믿겠다니까 한 번 갈 때마다 천만 원씩 입금해주겠대."

"혹시..."

"니가 무슨 생각하는 줄 알아. 혹시 남자랑 자야 하는 거냐고, 그거면 못 하겠다고 했더니 그런 건 아니래. 그래서 일요일에 처음 그 자리에 가봤던 거야."

그날 일을 떠올리는 것만으로도 희수의 몸이 떨리기 시작했다. 재호는 그녀의 손을 꼭 잡아주었다. 그리고 비밀의 정원으로 함께 발을 디뎠다.

*

　상철은 운전을 할 때 항상 EDM 음악을 크게 틀어놓았다. 그런데 꽤 먼 거리를 달리는 내내 음악을 틀지 않고 차 안에는 정적이 감돌았다. 어딘가 긴장한 표정도 낯설었다. 늘 한쪽 팔을 창문에 올려놓고 고개를 삐딱하게 기울인 채 거만하게 운전을 하던 그였는데, 양손으로 핸들을 잡고 전방을 주시했다.

　화장실이 급하다며 휴게소에 들러 볼 일을 본 다음에도 긴장이 풀리지 않은 모습이었다. 가뜩이나 불안했던 희수는 더 신경이 쓰였다.

　"어딜 가는 건데요?"

　"묻지 말라고 했지? 그냥 자. 차라리."

　높은 분들이 모인 비밀스러운 술자리에서 시중만 들면 된다고 했다. 술집에 수십 번을 나가야 갚을 수 있는 돈을 세 번 만에 해결할 수 있다니. 몸을 파는 것도 아니고, 거절할 명분이 없었다. 상철은 이미 500만 원을 입금해주었다. 희수는 그 돈을 바로 사채업자에게 갚았다. 오늘 자리가 끝나면 바로 500만 원을 입금해주기로 했으니 또 500만 원을 갚을 수 있게 된 것이다. 다행히 아빠의

뇌경색 수술은 결과가 좋았다. 이제 또 갑자기 목돈이 필요한 일은 없겠지.

그래. 눈 딱 감고 식당에서 서빙 알바 한다고 생각하자.

희수는 휴게소에서 산 아메리카노를 빨대로 쭉 빨았다. 시원 쌉쌀한 느낌이 목을 씻어주는 것 같았다. 창밖으로 시선을 돌렸다. 도로 위에 매달린 표지판이 보였다. '경기도에 오신 것을 환영합니다.'

서울에서 나왔구나. 대체 어디로 가는 걸까. 대체 어디로...

정신이 아득해졌다. 일상적인 졸음이 아닌, 도저히 저항할 수 없는 무기력이 그녀를 눈감게 만들었다. 왜 이러지? 뭘 잘못 먹었나? 하루 종일 먹은 거라고는 휴게소에서 상철 오빠가 사 준 아메리카노뿐인데...

아메 아메 아메... 아메리카노... 좋아 좋아 좋아...

좀비가 된 것일까? 보고 들을 수 있는 건 분명한데 평소와 다르게 보이고 다르게 들렸다. 왜곡된 렌즈를 끼고, 변조된 음성을 듣는 것 같았다. 몸도 뜻대로 움직이지 않았다. 흐느적흐느적. 시키면 시키는 대로. 정말로 좀비가 된 걸까?

그들은 탈을 쓰고 있었다. 모두 몇 명이었는지 정확히 모르겠다. 셋? 넷? 누군가는 고릴라 탈을, 누군가는 말머리를, 누군가는 아이언 맨 헬멧을 썼다. 나는 교복을 입었네? 고등학교에 다시 들어간 모양이야. 그런데 우리 학교 교복이 아니네? 명찰도 없어. 이 사람들은 왜 교복을 입혀놓고 술을 따르게 하는 걸까? 왜 옷을 벗기고 노래를 시키는 걸까?

　내가 말을 타야 하는데 말이 나를 탄다.

　아파. 너무 아파...

　이야기를 시작하기 전에 눈물을 흘리던 희수는 더 이상 울지 않았다. 분노가 가득한 얼굴로 허공을 쏘아보았다.

　"괴물들이 나를 강간했어."

　재호는 숨이 막혔다. 어떻게 대처해야 할지 판단이 서지 않았다. 경찰에 신고해야 하나?

　"상철 오빠는 약속대로 500만 원을 입금해주고 다음 주에 또 가자고 했지만... 난 신고하겠다고 했어."

　"증거는 있어?"

　"정신을 차렸을 때는 이미 누군가가 날 씻기고 원래 내 옷으로 갈아입힌 후였어. 눈을 떠보니 여기더라고."

　연결고리는 김상철밖에 없었다. 희수에게 준 돈 액수를 보면 대단한 배경을 가진 손님들과 연결된 듯했다.

　"김상철 그 개새끼..."

"당장 신고할 거야."

"그 새끼는 뭐래?"

"신고해봤자 소용없대. 증거도 없고, 다 높은 사람들이라서 닿을 수조차 없을 거래."

"그럼 어떡해?"

"그 새끼가 하는 말 자체를 녹음했지."

희수는 핸드폰을 꺼내 음성파일을 재생시켰다. 희수를 비웃는 듯한 상철의 목소리가 또렷이 들렸다.

"미친년이 지랄하네. 니까짓 게 신고해봤자야. 그분들 누군지나 알아? 우리나라 상위 1%야. 누군지 알면 깜짝 놀랄걸? 경찰? 검찰? 다 그 사람들 손에 있어."

그 뒤로도 상철의 호언장담이 이어졌다. 음성파일이 끝나자 희수는 핸드폰 쥔 손을 부르르 떨었다.

"가만두지 않을 거야."

"희수야. 무작정 신고했다가 그 새끼 말대로 흐지부지될 수도 있어. 그러니까 조금만 더 신중하게..."

"아니야! 당장 갈 거야!"

싸늘하게 식은 것처럼 보이던 희수의 감정이 다시 폭발하는 분노로 바뀌었다. 그녀는 자리에서 벌떡 일어났다. 그 순간, 그녀의 머리에 숫자가 생겼다. 3.

"하아... 안 돼..."

재호는 머리를 쥐어뜯었다. 뛰쳐나가려던 희수가 재호를 돌아보았다. 그녀도 상황을 알아차린 듯했다.

"설마...?"

"희수야.."

"맞아? 그거야? 나 죽는 거야?"

재호는 입조차 뗄 수 없었다.

"얼마야? 나 얼마나 남았냐고? 왜 내가!"

절규하는 그녀의 머리 위에서 3이라는 숫자가 재호를 내려다보며 비웃고 있었다.

왜지? 왜 갑자기 숫자가 생겼지?

둘 다 정신이 없었다. 희수는 패닉 상태에서 재호를 다그쳤다.

"얼마냐고! 말해 이 새끼야!"

"잠깐만! 가만 좀 있어봐!"

재호는 처음으로 그녀에게 소리를 질렀다.

양손으로 귀를 막고 생각을 정리했다.

침착하자. 침착... 왜지? 대체 왜일까?

그는 차츰 정리되는 생각을 중얼거렸다.

"원래 없던 숫자가 생겼어. 그건 지금 바로 뭔가 상황이 변했기 때문이야."

"상황이 뭐가 변해?"

"니가 경찰에 신고하겠다고 나가려고 했지."

"그것 때문이라고?"

"신고하지 않기로 마음을 바꿔봐."

"뭐?"

"일단 내가 시키는 대로 해보라고! 죽는 것보단 낫잖아? 죽고 나면 그놈들한테 복수한들 무슨 소용이야?"

희수는 울 것 같은 표정이 되었다. 눈을 감고 머리를 감쌌다. 뭔가 생각하는가 싶더니...

머리 위에 숫자의 색이 점점 옅어지더니 사라졌다.

"없어졌어!"

"정말?"

희수는 머리 위를 손으로 휘휘 저어보았다. 어차피 숫자가 떠 있어도 손으로 만질 수는 없지만.

"바꿀 수 있어!"

재호는 환희에 찬 목소리로 말했다.

"운명을 바꿀 수 있다고!"

"경찰에 신고하면 내가 죽고, 안 하면 산다고?"

"머리 위의 숫자는 그렇게 말하고 있어."

"그럼 그 사람들은? 나를 짓밟은 괴물들은 어떻게 벌을 줘?

김상철 그 새끼는 어떡하고?"

"희수야. 나도 그 놈들 다 벌을 줬으면 좋겠어. 처절하게 복수하고 싶어. 당연히 그래야지. 중요한 일이야. 하지만 너의 목숨보다 중요하진 않아."

"그럼 난 어떡해?"

"일단은 살아야지. 그다음에 생각하자."

"아직도 빚이 이천만 원이나 있어. 편의점 아르바이트나 해서는 이자도 못 갚는다고. 김상철이 날 가만두지도 않을 거고. 계속 술집에 나가? 아니면, 그 괴물들을 또 찾아가?"

이러지도 저러지도 못하는 상황이었다. 재호는 무능한 자신이 원망스러웠다. 그러나 포기할 수는 없었다. 지금껏 수많은 사람들을 그냥 보냈다. 그들 앞에 성큼성큼 닥쳐오는 죽음을 보면서도 때로는 외면하고 때론 무기력하게 지켜만 보았다.

희수는 지킨다. 반드시 지켜낸다.

"일단 짐부터 싸자."

"짐은 왜?"

"위험하잖아. 김상철은 니가 경찰에 신고할지도 모른다고 생각할 거고. 자기 범행을 감추기 위해 널 해코지 할 수도 있어. 만에 하나 그 괴물들, 엄청난 권력을 갖고 있는 그 사람들한테 김상철이 이르기라도 하면... 그 사람들이 널 해칠 수도 있어."

"그럼 어떡해?"

"당분간 숨어 있자."

"어디에?"

"어디든. 김상철이, 그 괴물들이 모르는 곳에."

희수는 황급히 짐을 싸기 시작했다. 재호는 마음이 급했다. 마치 당장 누가 잡으러 오기라도 할 것처럼.

둘은 그 동네에서 한참 떨어진 작은 모텔로 숨어들었다.

살아남기 위해. 그리고 복수하기 위해.

*

재호가 중간고사를 보러 간 이유는 단 하나였다. 김상철의 동태를 살피려고.

상철은 다른 학생처럼 시험을 보러 왔다. 재호를 보고는 저속한 손동작을 해 보였다.

재호는 결심했다. 일단 희수를 살리고 난 다음, 반드시 저 개자식을 응징해주겠다고.

공부를 제대로 못한 탓에 재호는 시험을 완전히 망쳐버렸다. 혼자 모텔에서 기다리는 희수가 걱정도 되고, 하나도 모르는 문제를 보고 있는 것도 무의미하고 해서 강의실에서 제일 먼저 나가 거의 빈 답안지를 제출했다. 답안지를 쓱 본 이선민 교수가 인상을 찌푸렸다.

"이재호."

시험을 보고 있는 다른 학생들에게 방해되지 않게, 이 교수는 나지막하게 이름을 불렀다.

"네, 교수님."

이 교수는 재호의 귀에 대고 말했다.

"잠깐 내 연구실에 올라가서 기다리게."

후우... 지금은 설교 들을 여유가 없는데.

그러나 시험을 보는 아이들 앞에서 교수와 실랑이를 벌일 수도 없어서, 일단 강의실을 빠져나갔다. 교수들 연구실이 있는 3층으로 올라가면서 희수에게 전화를 걸었다. 영상통화로.

"별일 없어?"

"응."

힘없이 대답하는 희수의 머리 위에 다시 숫자 3이 생겼다.

"희수야! 또 생겼어! 숫자 3!"

"뭐라고?"

"그 사이에 뭐가 변한 거지? 혹시 너 경찰에 신고했어?"

"아냐. 나 계속 모텔에 있었어. 밥도 바로 아래 내려가서 김밥으로 때웠어. 그게 전부야."

"그럼 뭐지? 왜 이러지?"

"나도 모르겠어 재호야. 나 어떡해?"

"하아... 일단 있어봐. 지금 교수님 잠깐만 뵙고 바로 갈게."

"미안해."

"뭐가 미안해."

"나 꼭 살아남고 싶어. 그래서 너한테 고백할 거야. 좋아한다고. 우리 사귀자고."

순간 학교 교실의 서늘한 공기가 몇 도쯤 올라가는 기분이었다.

되묻고 싶었다. 뭐라고 했어? 우리 사귀자고?

통화 영상을 저장해놓을 걸, 후회까지 되었다.

희수는 계속 말했다.

"며칠 안에 죽을 주제에 너한테 대시할 순 없잖아."

"너 요물이네."

"뭐?"

"사람 마음을 들었다 놨다 하잖아."

"그냥 진심을 얘기한 거야. 만약 입장이 바뀌어서 니가 죽을 운명이 되더라도 내가 널 지켜줄게. 널 지켜주기 위해 뭐든 다 할게. 약속할게."

그녀의 말이 괜히 하는 말 같지 않았다. 따지고 보면 그녀는 아버지를 지키기 위해 사채를 쓰고 술집까지 나갔다.

나라면 엄마를 위해, 누나를 위해 그렇게 할 수 있었을까?

재호 역시 진심을 다해 말했다.

"희수야. 꼭 살아야 해."

"대시 받고 싶어서?"

"그것도 그렇지만. 넌 너무 좋은 아이니까."

액정으로 보이는 희수의 눈에 눈물이 고였다. 입은 웃고 있었다.

통화를 마치자 다시 힘이 났다. 비록 숫자 3이 또 나타났지만 그녀와 힘을 합치면 다시 없앨 수 있을 것 같았다. 어제도 그랬으니까.

재호는 애써 더 씩씩한 발걸음으로 교수님의 연구실로 올라갔다. 문은 열려 있었다.

지도교수의 연구실이기에 형식적으로 몇 번 와서 차를 마시며 면담을 한 적이 있었다. 양쪽 벽을 가득 메운 영어원서들에 기가 죽었다. 하버드 대학교의 인장이 찍힌 졸업장도 보는 사람을 기 죽게 만들었다. 책상 위의 액자 사진에는 연예인처럼 예쁜 부인과 딸이 활짝 웃고 있었다. 키가 훤칠한 아들은 당장 아이돌 그룹 멤 버로 활동해도 될 만큼 외모가 빼어났다.

이런 사람하고 무슨 이야기를 나눌 수 있을까? 어릴 적에 사고 로 아버지를 잃고, 엄마와 누나와 함께 월세방을 전전하며 살아 온 내가? 겨우 삼류대학에 입학해 알바로 등록금에 용돈 마련하 는 일만 해도 까마득한 나의 인생을 과연 교수님이 손톱만큼이나 공감할 수 있을까?

그때 희수의 얼굴이 떠올랐다.

나에겐 희수가 있다! 세상에서 제일 예쁜 희수가. 아무리 교수님이 잘나고 훌륭한 분이어도 희수하고 뽀뽀를 할 순 없어. 하지만 난 이제 곧 희수랑 뽀뽀할 거야! 그녀를 살린 다음에...

혼자 열심히 정신승리를 하고 있는데 이선민 교수가 들어왔다.

"고생하셨습니다."

재호가 꾸벅 인사를 했다. 이 교수는 학생들의 시험 답안지를 책상에 내려놓고, 냉장고에서 비타민 음료를 두 개 꺼내 와서는 소파에 앉았다.

"재호도 앉아."

"네, 선생님."

이 교수는 비타민 음료를 한 모금 마시더니 바로 용건을 꺼냈다.

"요즘 너 좀 이상하다. 아까 시험 본 것도 거의 빈 답안지를 냈던데."

재호는 고개를 끄덕여 인정했다.

"죄송합니다."

"무슨 일인지 들어나 보자."

이 교수의 음성은 무척이나 차분했다. 가진 자의 여유랄까. 가난에도 시달리지 않고, 유혹에도 흔들리지 않은 그런 사람. 인격적으로 고양된 영혼에서만 나올 수 있는 목소리였다.

문득 이런 생각이 들었다. 이런 사람이 아빠라면 어떨까?

아버지가 돌아가신 건 재호가 초등학교를 졸업할 무렵이었다. 중장비 기사였던 아버지는 공사 현장에서 넘어지는 크레인에 깔려 그대로 돌아가셨다. 엄마가 생활전선에 뛰어들었고 당시 고등학생이던 누나도 알바를 해서 살림에 보태야 했다. 재호는 누군가에게 기대는 일이 익숙하지 않았다. 기댈 사람이 없었으니까. 재호 주변 사람들은 하나 같이 자기 살기도 바빴다.

"선생님은 이해 못 하실 거예요."

"말도 안 해주고 이해를 못 할 거라고 속단하는구나."

"선생님은 한 번도 힘들게 사신 적이 없잖아요."

"돈 문제냐?"

"그렇다고 할 수도 있고... 아닐 수도 있고요."

이 교수의 부드러운 음성에 재호는 자꾸 기대고 싶어졌다. 그런데 이 교수가 먼저 어깨를 덥석 내밀었다.

"돈 문제라면, 선생님이 도와줄까?"

"네?"

"내가 지도하는 학생이 중간고사 전공시험을 빈 답안지로 낼 정도로 힘들어서는 안 되지. 그깟 돈 때문에."

"선생님..."

"난 희수 때문에 니가 괴로워하는 줄 알았다."

헉! 그건 또 어떻게 알았지?

재호가 놀라자 이 교수는 지그시 아빠 미소를 지었다.

"다 보여 인마. 니가 희수 좋아하는 모습이 너무 이쁘더라. 옛날에 짝사랑하던 생각도 나고."

"저 짝사랑 아닌데요?"

"그래?"

"네. 희수도 저 좋아해요."

왠지 으쓱한 기분으로 재호는 가슴을 폈다.

"축하한다! 하하."

잠시 웃던 이 교수가 고개를 갸웃했다.

"너도 너지만, 희수는 왜 계속 학교에 안 나오는 거냐? 내 지도 학생은 아니지만 걱정되는구나."

희수의 비밀을 다 털어놓을 순 없었다.

"희수도 사정이 많이 어려워서요."

이 교수는 길게 한숨을 쉬었다.

"니 말이 맞다. 난 어렵게 살아본 적이 없어. 이런 내가 타인의 가난을 이해하는 척한다는 건 위선이지. 다만 내 의도는 곡해하지 않고 받아들여 줬으면 한다."

"말씀만으로도 감사합니다."

"말씀만 하면 선생이 아니지. 사기꾼이지. 말해봐라, 너의 사정을. 내가 어떻게 도와주면 될까?"

재호는 더 이상 사양할 수가 없었다. 희수의 목숨이 달린 문제였다. 빨리 돈을 갚아버리면 상철에게서 쉽게 벗어날 수 있다.

자세하게 이야기하지는 않았다. 희수가 굉장히 곤란하고 고통스러운 사정에 빠졌고, 도와주고 싶다고 말했다.

"벌써 그 정도로 사이가 깊어진 거냐? 이천만 원이라는 큰돈을 마련해주고 싶을 정도로?"

"네. 끝까지 희수와 함께하고 싶어요. 일단 희수를 안전하게 해준 다음에, 희수를 괴롭힌 놈들도 혼내주고 싶어요."

"어떤 놈들인데?"

혓바닥 위까지 올라온 김상철의 이름을 다시 삼켰다. 자칫하면 선생님이 신고를 해버릴 수도 있으니까. 그럼 문제가 복잡해진다.

"나중에 말씀드릴게요."

이 교수는 재호의 눈을 들여다보았다.

"너 이놈, 의지가 대단하구나."

"희수를 좋아하니까요."

이 교수는 빙긋 웃었다.

"선생님이 그랬지? 사랑은 모든 것을 이긴다고. 너희가 이길 수 있게 도와줄게."

악마들이 가득한 도시인 줄 알았는데, 천사가 멀지 않은 곳에 있었다. 벼랑 끝에서 천사의 손을 잡았다.

첫날에는 희수만 모텔에 재워놓고 왔지만 오늘은 달랐다. 시험 공부를 하느라 학교에서 밤을 새울 거라고 엄마에게 거짓말을 해두었다. 죽음의 카운트다운이 시작된 이상, 더 이상 희수를 혼자 둘 수 없었다.

재호가 모텔 방에 들어가자 희수가 버럭 안았다. 그녀의 머리 위에는 여전히 3이라는 숫자가 떠 있었다.

"많이 무서웠지?"

희수는 고개를 끄덕였다. 재호는 그녀의 손을 잡고 침대에 나란히 앉았다.

"깜짝 놀랄 일이 있었어."

그는 이선민 교수가 이천만 원을 빌려준 이야기를 들려주었다. 희수는 도저히 못 믿는 눈치였다.

"정말?"

"내가 보는 앞에서 인터넷 뱅킹으로 입금해주셨어. 지금 내 통장에 들어있어."

"아... 교수님..."

"바로 김상철한테 보내버리자."

"이 돈 받아도 될까?"

"다른 때 같았으면 망설였겠지만 지금은 아냐. 당연히 받아야지. 목숨이 걸린 일인데."

희수가 알려준 김상철의 계좌로 이천만 원을 송금했다. 그리고 희수는 상철에게 메시지를 남겼다.

- 남은 빚 다 갚았어요. 이제 다시는 연락도, 알은체도 하지 마요.

잠시 후 상철의 답장이 왔다.

- 그래. 깔끔하게 들어왔네. 어디서 구했는지는 모르겠지만. 잘 살아라.

희수는 고개를 갸웃했다.

"이럴 리가 없는데?"

재호가 봐도 상철이 보낸 메시지 같지 않았다. 이렇게 순순히 놓아준다고?

"뭔가 이상하다 희수야."

"그치? 내가 아는 김상철은 억지를 쓰며 날 붙잡으려고 할 텐데. 최소한 욕이라도 실컷 하거나. 말투도 너무... 얌전해."

재호는 희수의 머리 위에 떠 있는 숫자를 또 확인했다.

"거짓말 같아. 숫자가 그대로야."

"왜 거짓말을 했을까?"

"널 안심시키려고? 메시지대로 널 그냥 놔줄 거라면 숫자가 없어져야 할 거 아냐."

"아직도 있어?"

"응."

"그럼 나... 3일 안에 죽는 거야?"

"아냐! 막을 수 있어! 어제도 숫자를 없앴잖아. 우리의 선택이 중요해."

"어떻게 해야 막을 수 있을까?"

"돈도 갚았고, 경찰에 신고도 안 했는데..."

그 말에 희수가 풀 죽은 음성으로 고백했다.

"신고는 안 했지만, 신고할 것처럼 말은 했어. 상철이 오빠한테. 너무 분해서."

그랬구나. 그래서 김상철의 마음에 따라 숫자가 왔다갔다 했구나.

재호는 며칠 전, 주폭 아들을 죽일 뻔했던 기억을 떠올렸다.

김상철을 죽인다면?

하지만 그건 살인이다. 미래의 죽음을 막기 위해 현재 살인을 저지르는 일이... 정당화될 수 있을까? 정당한 방법으로 희수를 구할 수는 없을까?

막막한 저녁 시간이 흘러갔다. 모자를 푹 눌러쓰고 근처 중국집에서 짜장면을 먹었다. 희수가 미안한 표정으로 말했다.

"저녁 먹고 집에 들어가 봐."

"아냐. 오늘 밖에서 잘 거라고 말해뒀어."

"밖?"

"니 옆에 있으려고."

재호는 희수의 눈치를 살폈다.

"오해하지 마. 그냥 위험할 것 같아서, 니가 무서워할 것 같아서..."

"오해 안 해. 고마워 재호야."

밤을 함께 보냈다. TV를 켜놓고 어색함을 밀어내 보려고 했다. 미국, 중국, 러시아 간의 갈등이 점점 심화되고 있다는 뉴스, 여당과 야당이 세금 인상 방안을 놓고 장기 대치 중이라는 뉴스 등등이 세상은 어찌할 수 없는 문제들로 시끄러웠다. 어제도 오늘도, 내일도 그러겠지. 예능 프로그램을 봐도 웃음이 나오지 않았다.

좁은 모텔 방에서 희수와 단둘이 밤을 보낸다.

어쩌면 재호가 수없이 바라고 꿈꿔왔던 순간일 수도 있었다. 그러나 코앞에 닥쳐온 죽음이란 놈이 낭만도 두근거림도 모두 가로막고 있었다. 그렇게 무섭고도 아쉬운 밤이 지나가고 있었다. 자정이 되자 희수의 머리 위 숫자는 2로 바뀌었다. 이미 예견되었던 일.

"이제 자자."

희수의 짧은 말에 재호는 뜨끔했다. 어디서 잘까? 한 침대에서?

"어. 그래."

"먼저 씻을게."

간유리로 만들어진 샤워실이 밖으로 노출되어 있는 구조여서, 희수가 화장실에서 씻는 소리가 고스란히 들렸다. 물줄기 소리만 들어도 재호의 페니스가 단단하게 솟아올랐다. 주인의 머리와 따로 노는, 자기만의 길을 가는 개별 인격체가 분명했다.

"아, 이 미친놈..."

재호는 욕설을 중얼거렸다. 희수가 나왔을 때 이 상황을 눈치채면 큰일이라는 생각에 성적 흥분을 가라앉힐 만한 딴생각에 집중했다. 희수 머리 위의 숫자, 망쳐버린 중간고사, 누나의 잔소리, 편의점 알바생의 하루... 겨우 평상시 상태로 만들어 놓자마자 희수가 나왔다.

"그럼 나도 씻을게."

재호는 도망치듯 샤워실로 들어갔다. 희수가 막 사용한 바디클렌저 향이 촉촉한 물기와 함께 미끈거렸다. 망할 녀석이 다시 고개를 드는 것 같아, 아예 찬물로 샤워를 했다. 몸을 부르르 떨며 한 가지만 생각하려고 애썼다.

희수를 살려야 한다. 연애고 섹스고 다 그다음이야!

샤워보다 더 난처한 상황은 잠자리였다. 하트 모양의 침대에서 나란히 눕자마자 희수의 체취가 그의 모든 후각 세포를 체포해 버렸다. 불을 꺼서 그런지 코가 더 예민해진 것 같았다. 청각도 마찬가지였다. 잘 자, 하는 희수의 일상적인 인사마저 로맨틱하게 들렸다.

"너도 잘 자."

눈을 감았지만 잠이 올 턱이 없었다. 제발 희수가 빨리 잠들기만을 바랐다. 쿵쿵거리는 심장박동 소리를 들키기 전에.

가만히 누워있다 보니 숨이 막히는 것 같아 희수를 등지고 모로 누웠다. 그 어느 때보다 간절하게 잠들기를 바라고 있는데 어깨에 감촉이 전해졌다. 그녀의 부드러운 손길이었다.

"자?"

왜 그래 희수야. 그러지 마. 제발 물어보지 마.

"아니."

"잠 안 오지?"

"그러네. 긴장해서 그런가."

"나 좀 볼래?"

재호는 침을 꿀꺽 삼키고 몸을 돌려 희수를 보고 누웠다. 옅은 빛 속에 그녀의 눈동자가 반짝이고 있었다. 왜? 물어보고 싶었지만 입술이 붙어버렸다.

"재호야."

나지막이 이름을 부를 때면 흔하디흔한 내 이름이 되게 근사한 이름같이 들리잖아.

"아까 하루 종일 멍하니 있다가 이런 생각을 해봤어. 만약 살아남지 못한다면, 며칠 뒤에 죽게 된다면 뭐가 제일 후회스러울까? 답은 너였어."

이제부터는 불가항력의 영역이었다. 재호는 사랑의 감정에 완전히 사로잡혀 버렸다.

"난 시간이 별로 없어."

그녀의 얼굴이 어둠을 밀고 천천히 다가왔다. 보드라운 입술이 그의 입술에 얹혔다. 길고 뜨거운 키스가 이어지는 동안 재호는 드디어 깨달았다. 그동안 왜 아침마다 그의 남성이 단련을 해왔는지. 쓸데도 없는데 발기한다며 구박했던 녀석은 바로 이 순간을 기다렸던 것이다.

"사랑해."

누가 먼저랄 것도 없이 속삭이고, 둘은 엉켜들었다. 그냥 섹스가 아니었다. 폭풍 속에 타오르는 횃불 같은 절박한 섹스였다.

한 번으로 끝나지 않았다. 새벽이 깊도록 몇 번이나 사랑을 나누었다. 죽어도 여한이 없다는 말은 하고 싶지 않았다. 너무 좋으니까, 평생 그녀와 사랑을 나누고 싶었다. 그녀를 잃을 수 없는 이유가 하나 더 생긴 셈이었다.

아무도 지키지 못했지만, 너만은 꼭 지킬 거야.

사랑이 다 타고 남은 재는 수면제처럼 그를 잠재웠다.

*

악몽을 꾸었다. 희수가 말해준 그 끔찍한 장소에 잡혀가는 꿈이었다. 양손이 등 뒤로 묶인 채 바닥에 쓰러져서 눈을 떴다. 상철이 앞에 서 있었다.

"일어났냐?"

그의 목소리를 듣고 알았다. 꿈이 아니었다. 차가운 바닥의 온도만큼 분명한 현실이었다. 창문조차 없는 밀실에 재호는 묶여 있었다.

"이 새끼. 결국 이 꼴이 됐네."

"여긴..."

"니가 자초한 거야. 그러게 왜 위험한 애를 건드려?"

"희수는요?"

"희수? 지금 어르신한테 예쁨 받고 있지."

"뭐라고요?"

"재호야. 이 세상에는 감히 상대해서는 안 될 엄청난 사람들이 있어. 그런 사람을 만나면, 그냥 시키는 대로 하면 되는 거야.

그런데 뭐? 경찰에 신고를 한다고? 건방진 연놈들."

"신고 안 했어요! 희수가 괜한 얘길 한 거예요. 그리고 돈 다 갚아드렸잖아요!"

"아 진짜 존마니 새끼. 너 뭔가 착각하는 거 같다. 니가 지금 그깟 돈 몇천 때문에 여기 끌려온 거 같냐? 감히 어르신들을 협박한 죄로 끌려온 거야. 이분들은 위험을 싫어하셔서. 아예 싹을 잘라버리고 싶어 하시지."

"절 죽이겠다고요?"

"어. 너 죽이려고 그런다 왜? 죽기 싫지? 그럼 처음부터 까불지 말았어야지."

"이 개새끼..."

"맞아. 우리 엄마 아빠 아주 개 같은 것들이야. 그러니까 나는 개새끼 맞지. 딱 맞지."

상철은 비닐 우비를 걸치고 미리 준비해 둔 칼을 집어 들었다. 재호는 그제야 알아차렸다. 그가 묶여있는 의자는 넓은 비닐 위에 놓여 있었다. 번득이는 칼날을 보니 비닐의 쓰임을 알 것 같았다. 상철이 다가오며 씩 웃었다.

"깔~끔하게 죽이고 깨~끗하게 태워줄게."

재호는 궁금했다. 자신의 머리 위에 0이라는 숫자가 떠 있을지. 혹시나 비닐에 비칠까 싶어 고개를 숙였지만 잘 보이지 않았다.

그런데 고개를 드니 상철의 머리 위에 0자가 떠 있었다.

뭐야... 이게 뭐지? 왜...

의문은 쾅 소리와 함께 문이 열리면서 해소되었다.

희수가 서 있었다. 그녀는 어이없게도 교복을 입고 있었다. '어르신'이 교복 코스프레가 있었던 걸까? 여기저기 찢어진 교복 곳곳에는 피가 묻어 있었다. 특히 흡혈귀처럼 입 주위가 온통 피투성이였다. 그리고 그녀는 사냥용 공기총을 들고 있었다.

"허억..."

상철이 기겁하며 뒤로 물러섰다. 그리고 두 손을 번쩍 들고 외쳤다.

"야! 희수야! 너 지금 뭐 하는 거야! 미쳤어! 총 내려놔!"

"이재호."

총을 상철에게 겨눈 채 희수가 재호의 이름을 불렀다. 이번에는 로맨틱하지 않았다. 분노가 끓는 음성이었다.

"저 개새끼 머리 위에 뭐가 떠 있어?"

"영!"

희수는 고개를 한 번 끄덕이더니 그대로 방아쇠를 당겨버렸다.

탕! 멀지 않은 거리에서 총을 맞은 상철은 비명도 지르지 못하고 바닥에 쓰러졌다. 배에서 흘러나온 피가 바닥에 번지기 시작했다. 길지 않은 인생에서 가장 강렬했던 그 순간이 재호의 눈에 아로새겨졌다.

희수의 손에서 총이 떨어졌다. 재호는 여전히 의자에 묶인 채 그녀를 바라보았다. 그녀의 머리 위엔 더 이상 숫자가 보이지 않았다. 어떻게 그녀가 살아남았는지, 왜 그녀의 입이 피투성이인지 알 것 같았다.

그녀가 상철의 손에서 칼을 빼 들고 다가왔다. 재호의 손을 묶은 끈을 잘라주었다.

"내가 약속했지? 만약 입장이 바뀌어서 니가 죽을 운명이 되더라도 내가 널 지켜주겠다고. 널 지켜주기 위해 뭐든 다 하겠다고. 나 약속 지켰다."

손이 풀리자마자 재호는 벌떡 일어났다. 피투성이가 된 그녀의 몸을 안아주었다.

"희수야!"

"재호야.."

그들은 다신 서로를 놓지 않을 것처럼 꼭 껴안았다.

그곳은 강원도 계곡에 지어놓은 별장이었다. 재호가 묶여있던 곳은 별장 지하실이었다. 그들은 1층으로 올라왔다. 희수는 거실 소파에 벗겨 놓은 자신의 옷을 다시 입고 몸을 웅크렸다. 그녀의 입에서 힘겨운 고백이 새어 나왔다.

"말을 죽였어."

"말을? 동물 말?"

"어..."

희수가 너무 힘들어서 정신이 나갔나 보다. 아니면 반쯤 잠들어 꿈을 꾸는 것일까?

"어지러워... 쉬고 싶어..."

"그래. 내가 경찰 부를 테니까 눈 감고 쉬고 있어."

재호는 희수의 눈꺼풀을 손으로 쓸어 감겨주었다. 그녀의 이마에 입을 맞추고 소파에 눕혀주었다.

그런데 어디선가 옅은 신음소리가 들려왔다.

뭐지? 재호는 소리가 들리는 쪽으로 걸음을 옮겼다.

별장 침실이었다. 피투성이가 된 침대 옆에 한 남자가 꿈틀거리고 있었다. 남자 주변은 피가 흥건했고, 고통이 얼마나 심한지 몸이 벌벌 경련을 일으키고 있었다. 남자는 말 가면을 머리에 뒤집어쓰고 있었는데, 그 모습이 마치 반인반수처럼 괴이했다. 욕이 절로 나왔다.

"씨발..."

재호는 일단 119에 전화를 걸어 구급차를 불렀다. 말이든 사람이든 아직 안 죽었으면 살려봐야겠다는 생각에서였다. 사건의 진상도 더 잘 파악할 수 있고. 혹여나 사건을 은폐할지도 모른다는 생각에서 핸드폰을 들고 와서 침실의 참상을 사진으로 남겼다. 가면 속에 숨은 추악한 얼굴도 찍어야지.

"얼마나 대단한 사람인지 봅시다."

말 가면을 벗기는 순간, 재호는 얼어버렸다.

정말 대단한 사람. 재호가 아는 사람들 중 가장 훌륭한 분의 얼굴이 드러났다.

"교수님..."

들어맞지 않던 퍼즐 조각들이 순식간에 맞춰졌다.

이선민 교수는 상철에게 들어서 알고 있었던 것이다. 희수가 그날 일을 경찰에 신고해 시끄러워질 수도 있다는 사실을.

"그래서 절 굳이 면담하셨군요? 상황을 파악하려고?"

내가 끝까지 희수와 함께 사건의 전모를 밝혀내겠다고 의지를 밝혔으니까. 그래서 희수를 납치해서 죽이려고 했는데... 하필 내가 함께 잠들어 있었지. 그래서 나까지 죽이려고 마음을 바꾸었구나. 아까 내 머리 위에도 숫자 0이 떠 있었겠네.

"왜 그러셨어요? 다 가진 분이 왜 그러셨어요!"

재호는 절규했다.

"나 같이 아무것도 없는 애도, 희수와 같이 벼랑 끝에 몰린 애도 어떻게든 살아보겠다고 발버둥 치는데! 선생님은 남들 괴롭히지 않고도 그냥 잘 살 수 있었잖아요? 그런데 왜 그러셨냐고요!"

재호는 이 교수의 목을 조르기 시작했다.

낭만과 사랑을 노래하던 교수의 입에서 뭉개진 신음이 흘러나왔다.

"이성적으로 생각해..."

헝클어진 머리 위에 숫자 0이 깜박거렸다. 목을 조른 손에 힘을 주면 0이 뜨고, 손에 힘을 빼면 숫자는 사라졌다.

재호는 미칠 것 같았다.

이 씨발새끼를 죽여 살려?

성기를 물어 뜯겨 과다출혈로 생명이 위독했던 이선민 교수는 가까스로 목숨을 건졌다. 복부에 공기총을 맞은 김상철은 현장에서 즉사했다.

복학생이자 유흥업소 종업원이었던 김상철을 앞잡이 삼아 비밀 별장에서 섹스파티를 벌인 고위층 인사들이 경찰 수사를 통해 줄줄이 엮여 나왔다. 우리나라 법무부 2인자인 법무부 차관, 경찰 고위 간부, 재벌 2세, 대형병원장, 국회의원, 인기 연예인...

그들은 김상철이 별장으로 유인해 약을 먹인 여자들에게 변태적인 행위를 강요했다. 그뿐만 아니라 이선민 교수를 비롯해 모임을 주도한 몇몇 인물은 희수와 재호를 살해하려고 한 혐의까지 확인되었다.

다들 혐의를 부인했지만, 뒤늦게 김상철의 집에서 발견된 영상이 그들의 발목을 잡았다.

이 뉴스는 며칠 동안 TV와 인터넷의 톱뉴스로 오르내렸다. 다행히도 재호와 희수의 신원은 노출되지 않았다.

*

엄마, 누나, 희수. 세상에서 가장 사랑하는 여자 셋과 함께 한 일요일 점심 식사였다.

생전 처음 보는 아들의 여자친구를 위해 엄마는 이것저것 많이도 차려냈다. 희수는 평소보다 더 많이 먹으면서도 맛있다는 칭찬을 아끼지 않았다.

"아유, 어떻게 이렇게 이쁜 애가 우리 재호를 만나줄 생각을 했대?"

엄마는 신기한 동물이라도 구경하듯 희수에게서 시선을 떼지 못했다.

"그러니까. 평생 모쏠로 살 줄 알았는데. 운도 좋지. 너 희수한테 잘해!"

"알았어 누나."

희수는 과도한 관심이 민망한 듯 수줍게 고개를 숙이고 있다가도

틈틈이 재호와 눈이 마주쳤다. 그때마다 그녀의 얼굴 위로 한 줌의 미소가 스몄다.

행복했다. 그 말을 열 번이고 백 번이고 되뇌고 싶은 시간이었다. 앞으로 이런 자리가 종종 있을 거라고 생각하니 너무 좋아서 소리라도 지르고 싶었다.

식사가 끝나고 설거지는 자기가 하겠다는 희수와 손님이 이러면 안 된다고 말리는 엄마가 옥신각신하는 소리를 들으며 재호는 화장실에 들어왔다. 소변을 보고 손을 씻고 고개를 들었다. 절로 나왔던 휘파람이 멈추고,

"허억!"

외마디 신음이 튀어나왔다. 거울 속 그의 머리 위에 숫자 1이 떠 있었다.

뭐지? 갑자기 뭐야? 왜 내 머리 위에? 난 건강하고, 위험한 일도 이젠 없는데?

재호는 갑자기 패닉 상태가 되었다. 보이지 않는 손이 심장을 콱 움켜쥐는 것만 같았다.

비틀거리며 화장실에서 나왔다. 부엌에서 사이좋게 설거지를 하는 희수와 엄마의 뒤통수를 확인했다. 그들 머리에도 역시 숫자 1이 둥둥 떠 있었다.

"안 돼..."

재호의 탄식은 거실에 습관처럼 틀어놓은 TV 소리에 묻혀 들리지 않았다. TV 앵커가 심각한 얼굴로 뉴스를 전하고 있었다.

"미 - 중 - 러 힘의 대결이 위험한 양상으로 번지고 있습니다. 중동 지역을 무대로 대리전이 벌어질 가능성도 커졌습니다. 세 나라 모두 전쟁도 불사하겠다는 위협을 연일 내놓는 가운데..."

뉴스를 전하는 앵커의 머리 위에도 숫자 1이 떠 있었다.

재호는 귀신에 홀린 사람처럼 멍하니 거실 창문으로 다가갔다. 10층 아래로 내려다보이는 아파트 단지를 오가는 모든 주민들의 머리에 1자가 모자처럼 얹혀 있었다.

어느 화창한 일요일의 풍경이었다.

너와 나의 미스터리 vol.1
Jake's Mystery Theatre

ⓒ이재익 2019

초판 1쇄 발행 2019년 4월 30일

지은이 이재익

펴낸곳 도서출판 가쎄 [제 302- 2005- 00062호]
주소   서울 용산구 이촌로 224, 609
전화   070. 7553. 1783 / 팩스   02. 749. 6911
인쇄   정민문화사

ISBN   978-89-93489-83-5 03810

값   13,800원

www.gasse.co.kr
berlin@gasse.co.kr